UNIE AUX BERSERKERS

LEE SAVINO

LIVRE GRATUIT

Obtenez un livre secret sur les Berserkers, *Imprégnée par les Berserkers* (disponible seulement pour les extraordinaires fans se trouvant sur la liste d'envoi de Lee)
Pour commencer, rendez-vous ici…
https://geni.us/BredBerserkerFR

UNIE AUX BERSERKERS

Un Montagnard et un Viking revendiquent leur femme...

Depuis plus de cent ans, les guerriers Berserkers ont combattu et tué pour les rois. Un seul ennemi ne peut être vaincu : la bête qui se trouve à l'intérieur.

Une sorcière nous parla de celle qui nous sauverait — une femme marquée par le loup. Nous la trouvâmes et la revendiquèrent. Mais nous acceptera-t-elle comme compagnons ? Peut-elle adoucir notre nature sauvage avant qu'il ne soit trop tard ?

Le loup-garou des montagnes Daegan ne s'était pas attendu à vaincre la malédiction de sa lignée. Mais quand une prophétie parla d'une femme qui détenait la cure contre la rage des Berserkers, son frère guerrier Viking et lui ne s'arrêteraient pour rien au monde pour la revendiquer. Ils la ramenèrent chez eux dans la montagne et lui enseignèrent les règles de la meute. Mais est-ce que son pouvoir sera suffisant pour rompre la malédiction des Berserkers ?

CHAPITRE 1

*L*e chevreuil broutait paisiblement au bord du torrent forestier, sa fière couronne de bois miroitant sur l'eau ondulante. J'observai, caché dans l'ombre. J'avais traqué la bête sur des kilomètres, assouplissant mes muscles et profitant de la chasse, et je pouvais presque sentir ma proie. Un vrai loup serait incapable d'abattre une proie si large sans sa meute. Un homme pourrait tuer un chevreuil avec un arc et des flèches, mais aurait du mal à le transporter jusqu'à chez lui. Mais je n'étais ni humain ni un vrai loup.

Le vent changea, apportant une bourrasque fragrante. Parmi le bouquet habituel, je sentis quelque chose d'aigre. Un autre loup, mais pas quelqu'un de familier. Je connaissais les odeurs de ma meute. C'était un intrus.

Le vent se déplaça et le chevreuil brouta plus près de ma cachette. Mon loup oublia l'odeur inquiétante et se concentra immédiatement sur la proie de l'autre côté du torrent.

Je me Transformai. L'eau sous moi refléta un homme aux muscles fermes et aux cheveux noirs. Puis, l'instant d'après, un vent surnaturel remua les feuilles et le reflet de l'homme fut remplacé par celui d'un grand loup noir.

Le chevreuil leva la tête à la vague anormale de magie. Il capta l'odeur du loup que j'étais devenu et courut.

Ce fut une courte poursuite.

Plus tard, léchant le sang de ma patte, je me sentis réticent à me retransformer. Les hommes étaient lents et stupides et soumis aux règles. Ils ne pouvaient même pas sentir le caléidoscope de couleurs qu'était la forêt, choisissant plutôt de tout détruire par le feu et de vivre dans des cabanes puantes au milieu de la boue.

Le monde n'était-il pas bien plus beau en tant que loup ?

Mais en dessous de la simple conscience animale, se cachait une bête plus sombre. Même à présent, avec le goût du sang dans ma bouche, la créature remplie de rage luttait pour dominer. Je luttai avec elle, secouant ma tête de loup comme si j'étais embêté par des mouches. Mon effréné combat intérieur me mena au torrent où je regardai mes traits canins se développer et se Transformer en quelque chose de grotesque…

Mon nez de canidé saisit une faible odeur, flottant le long de la montagne que ma meute appelait maison. L'odeur me dit qu'une femme vivait là. Pas n'importe quelle femme. Notre femme.

Notre compagne.

La bête recula. La raison revint.

Je savourai l'odeur de la femme, légère et fraîche, parfumée et parfaite au milieu de la puanteur suante des guerriers. Elle attendait.

Une inspiration de plus de son odeur succulente et je me changeai. Les pattes devinrent des mains, la fourrure devint des cheveux et la soif de sang de la bête mourut comme si elle n'avait jamais été là.

Je courus jusqu'à la maison, en portant le chevreuil.

Au bout du chemin menant au sommet de la montagne, un guerrier géant montait la garde, aiguisant sa hache. Wulfgar avait été un guerrier mortel avant même de devenir un Berserker. Ses traits émoussés s'éclairèrent à la vue de la viande fraîche.

Je jetai le chevreuil à ses pieds.

— Bonne chasse ?

Le grand guerrier renifla d'un air reconnaissant.

Je grognai. Après avoir été loup, la parole prenait du temps à revenir.

Wulfgar aboya un ordre à un autre loup.

— Rôtis les bouts de choix au-dessus du feu pour la femme de l'Alpha. Donne le reste à la meute.

Je fis un signe de tête en remerciement à Wulfgar et au petit loup roux qui vint collecter la carcasse.

— Beta, me remercièrent-ils tous les deux d'un abaissement de leurs têtes, prenant garde à éviter mes yeux par respect pour mon rang. Même si Wulfgar faisait une tête de plus que moi, j'étais légèrement plus dominant, ne fusse que par mon lien avec l'Alpha, Samuel.

Une brise balaya la face de la montagne, remuant la fumée du feu et m'apportant le doux arôme d'une femme.

Je quittai le feu et entrai dans la grotte, suivant le couloir de pierres jusqu'aux quartiers que je partageais avec Samuel... et elle.

Alors que je marchais le long du corridor, l'odeur délicieuse devint plus forte. Je fis une pause dans le couloir menant à nos chambres. À l'intérieur, Samuel se relaxait sous sa forme de loup, des mèches fauves sur sa peau grise.

Je lui fis un signe de tête et me dirigeai directement vers l'estrade couverte de peaux que nous utilisions comme lit, afin de jeter un coup d'œil à la femme aux cheveux noirs se terrant dans les fourrures.

— *Encore endormie*, parla Samuel au travers de notre lien.

— *Vaudrait mieux que nous arrêtions de l'user,* lui souris-je.

Il sourit presque. Il était Berserker depuis si longtemps et avait passé presque un siècle à moitié fou de magie. J'avais été la longe qui le retenait au monde, le gardant d'une rage meurtrière qui aurait détruit son esprit. Nous avions combattu la bête de Samuel ensemble et cherché partout la femme qui le sauverait selon la sorcière, une femme marquée par le loup.

— *Brenna.*

Une profonde inspiration et son odeur remplit mes poumons. Le loup se tut. Je n'avais même pas réalisé à quel point il était agité jusqu'à ce que je la voie et me détendis. Elle sentait la mousse et le pin, et les lieux secrets tamisés de la forêt qui étaient sûrs.

Pas étonnant que notre super Alpha se prélassait sous sa forme de loup à ses pieds, sa langue pendant comme un chiot. Après des siècles de combats, nous avions finalement trouvé notre chez nous.

Je commençai à m'étendre à côté d'elle sur l'estrade quand Samuel produisit un demi-grognement.

— *Je ne la prendrai pas,* dis-je par le lien. *Pas encore. Je veux juste m'allonger près d'elle.*

J'attendis son hochement de tête, puis m'étirai, me bordant contre elle dans les peaux.

M'approchant un peu plus doucement, j'enfouis mon visage dans son amas de cheveux noirs.

Elle changea de position.

J'arquai mon corps autour d'elle, laissant sa chaleur s'infiltrer en moi, savourant les douces courbes de son corps.

À côté de l'estrade, Samuel regardait dans sa forme de loup, en haletant de manière heureuse.

Ma main se glissa entre les peaux pour prendre son sein dans ma main. Je jouai avec la douce poignée, sentant son mamelon se durcir et son corps s'animer. Je me languis d'entendre son doux soupir d'envie et quelques secondes plus tard, je fus récompensé par l'adorable son.

Nous gardions notre bien-aimée nue la plupart du temps, lui fournissant quelques robes et châles, mais principalement gardant les brasiers enflammés autour de la pièce. Samuel et moi vivions sur nos gardes pour protéger notre femme de n'importe qui. Même de notre propre meute, car nos frères guerriers ne pouvaient être considérés comme fiables. Son odeur était un chant de sirène, si convaincant et sucré. Nous la gardions en sécurité dans la chambre, cachée du monde.

Je fermai les yeux et inhalai, donnant ce que désirait le loup, remplissant mes poumons de son essence.

Mon corps palpita de besoin.

— Brenna, respirai-je sur l'arrière de son cou.

Elle soupira et mon tout se concentra sur ce léger son. Sa tête se pencha et ses cheveux se renversèrent de son cou, révélant les cicatrices en forme d'araignée sur sa gorge, souvenir d'une brutale blessure qu'elle avait subie étant enfant. L'attaque avait pris sa voix. C'était un miracle qu'elle n'ait pas pris sa vie, mais elle avait survécu.

À présent, elle était nôtre.

Brenna se déplaça contre moi et mon corps répondit, prenant vie, du sang afflua dans mon aine. Je grognai un peu alors que je glissai un bras sous elle et que je resserrai ma prise, l'attirant contre ma poitrine.

Elle n'était pas une petite femme selon les standards humains, mais comparée à nous, elle était menue et parfaite. Sa douceur la rendait d'autant plus tentante.

Son derrière brossa ma bite et je grognai dans ses cheveux.

— *Daegan*, réprimanda Samuel par le lien. *Tu l'as réveillée.*

— Pouvais pas faire autrement, dis-je à voix haute. Une tentation tellement jolie.

Mes mains commencèrent à explorer la douceur de ses

seins, la descente lisse de son ventre terminant doucement en des hanches ardentes.

— Réveille-toi femme, fredonnai-je dans son oreille alors que mes doigts jouaient au sud de son ventre. Je ferai en sorte que ça en vaille la peine.

Ses yeux s'ouvrir en papillonnant.

Ce n'était pas la première fois que je souhaitai que notre bien-aimée puisse parler. Les cicatrices de sa gorge la rendaient muette. Même si elle n'avait jamais eu de difficulté à faire comprendre ses émotions, j'aurais donné n'importe quoi pour l'entendre dire mon nom.

Mes doigts cherchèrent le délicieux endroit humide entre ses jambes, s'efforçant de faire sortir un cri. Je souris quand je l'entendis quitter ses lèvres.

Elle soupira à nouveau et je me demandai à quel point elle était consciente. Puis, elle agita son derrière contre mon aine. Sa joue se courba d'un sourire et je sus qu'elle était réveillée.

— Vilaine fille, dis-je, m'excitant pour toi.

Je me posai sur un coude au-dessus d'elle.

— Ne sais-tu pas que tu es déjà une irrésistible tentation ?

Elle s'étendit sur son dos, clignant des yeux sensuels et endormis.

Je ne pouvais le supporter plus longtemps ; je m'allongeai et revendiquai sa bouche. Mes doigts descendirent et tournoyèrent entre ses jambes, faisant danser ses hanches.

De la magie pulsa au travers de la chambre alors que Samuel fit la Transformation de loup à homme. Il prit place près de nous.

Me déplaçant au-dessus de Brenna, j'embrassai les courbes de son cou et de ses seins, traçant mon chemin vers le bas, ne m'arrêtant pas tant que je n'eus pas goûté l'endroit secret entre ses jambes.

Elle se crispa, mais je tins ses jambes ouvertes, léchant le centre rose alors qu'elle se tortillait.

Au niveau de sa tête, Samuel captura la bouche de notre bien-aimée, ses mains sur ses seins. Avec doigts, lèvres et langues, nous travaillâmes le corps de notre chérie jusqu'à ce qu'elle vibre entre nous comme une corde de luth, au bord du point de rupture. Samuel laissa aller sa bouche et mordilla son oreille pendant que je m'attardais plus bas. Par ses halè-tements violents et ses tortillements, son corps chancela à l'orée du plaisir. Nous l'épinglâmes entre nous jusqu'à ce qu'elle atteigne le sommet et qu'elle se brise.

Alors qu'elle fut à bout de souffle, Samuel et moi parta-geâmes un sourire.

— Magnifique, dit-il pour que Brenna puisse l'entendre.

— Oui.

Je me blottis contre l'intérieur de sa cuisse.

Après une minute, elle cligna des yeux en levant la tête. Sans un mot, Samuel et moi changeâmes de place. Il la tira à quatre pattes et se positionna lui-même derrière elle. Elle bougea de manière obéissante alors qu'il calait ses hanches en l'air et tendit la main vers le bas pour titiller ses lèvres.

Je guidai la tête de ma bien-aimée vers ma bite doulou-reuse. Elle obéit à mon ordre silencieux, me suçant tellement profondément que mes genoux se dérobèrent presque.

— Och, fille

Ma main caressa sa joue.

Samuel saisit ses hanches et je tins le visage de Brenna immobile, me préparant pour sa poussée. Elle poussa un cri de surprise alors qu'il bondissait en avant. La force de son mouvement la conduisit plus profondément sur ma propre bite et en une seconde, je remplis sa gorge. La pression prit mon souffle.

Le lien entre l'Alpha et moi fredonna en harmonie pendant que nous travaillions le corps de notre bien-aimée au milieu de nous deux. Je tins son visage avec soin alors qu'elle se balançait d'avant en arrière entre nous.

Samuel tendit de nouveau le bras sous elle et la stimula jusqu'à un nouvel orgasme. Ses halètements s'échappèrent autour de ma bite et je vins en jurant, ma main empoignant ses cheveux noirs.

Le plaisir se déversa au travers du lien qui nous liait et les yeux de Samuel brillèrent de lubricité. Ses canines étincelèrent alors qu'il chancelait au bord de la séparation entre humain et bête sans scrupule.

Je me retirai en un bruit sec de la bouche de ma bien-aimée, m'écartant au signal de Samuel. Le géant guerrier blond était agenouillé nu derrière notre femme, ses cheveux dorés traînant sur ses épaules. Il lissa le dos de Brenna d'une main, la stabilisant, la préparant pour une bonne baise.

Avec un grognement, il bondit vers l'avant. Ses hanches cognèrent contre ses fesses et un bruit de gifle remplit la caverne. Alors que Samuel poursuivait son rythme brutal, les mains de Brenna se fermèrent en poings dans les peaux, son souffle remontant dans sa gorge écorchée.

— Jouis.

Avec l'ordre, la paume de Samuel gifla le côté de son cul redressé. Les yeux de Brenna se révulsèrent alors qu'elle obéissait, prise de convulsions.

Samuel trembla au-dessus d'elle, de larges mains tenant ses hanches en hauteurs alors qu'il finissait en elle. Une fois qu'il se retira, il prit une poignée de ses cheveux et la dirigea vers sa bite, attendant qu'elle la nettoie de sa bouche. Alors que je la regardais lécher docilement, ma bite se durcit à nouveau. La bête à l'intérieur brûlait d'envie de dominer notre bien-aimée, d'exiger sa délicieuse soumission. Et elle ne voulait pas s'arrêter là...

Je coupai ce flot de pensées et tombai sur mon flanc à ses côtés, jouant avec ses seins pendants et admirant l'état de rougeur de sa peau.

— Charmante, charmante fille, lui dis-je et murmurai les mots que je souhaitais être vrais. Tu étais faite pour nous.

* * *

Plus tard, alors que je veillai sur notre bien-aimée pendant que Samuel était parti, je la regardai dormir, observant sa chevelure noir de jais et ses joues pâles comme le clair de lune.

— *Mienne*, dit le loup et je voulus être d'accord. Elle était nôtre de toutes les manières imaginables. Nous l'avions achetée à sa famille quelques lunes auparavant et l'avions gardée dans notre repaire, à l'écart de la meute. Elle semblait nous accepter. Nous lui donnions des nouvelles de la famille qu'il lui restait ; ses trois sœurs se portaient bien au village. Il y avait deux lunes, sa mère était morte et nous lui avions apporté la nouvelle. Samuel avait demandé si elle voulait voir la tombe et Brenna avait refusé.

Elle avait abandonné son ancienne vie, pour nous. Et chaque fois que nous la revendiquions, nous nous sentions chez nous, à la maison. Mais avait-elle vraiment sa place ici ?

— *Elle est nôtre.*

Samuel sentit mon incertitude et parla au travers du lien.

— *Pour aussi longtemps que nous la retenons.*

Je lui rappelai.

— *Pourquoi nous la laisserions un jour partir ?*

Je lui envoyai le souvenir de la chasse au chevreuil s'étant déroulée plus tôt.

— *C'est encore arrivé. J'ai presque perdu le contrôle de la bête.*

Silence. Samuel ne voulait pas admettre que ce que nous redoutions le plus puisse arriver, que la même bête que Brenna adoucissait puisse s'emporter à nouveau.

La rage des Berserkers était légendaire sur le champ de bataille. De nombreux rois l'avaient utilisée pour obtenir le pouvoir. En temps de paix, la bête avait une folle envie d'effusion de sang. La magie qui faisait de nous des loups nous rendait également fous. C'était le prix à payer pour notre grand pouvoir.

Brenna ne savait rien de tout ça. Elle ne savait pas que plusieurs membres de la meute avaient succombé à la bête et rencontré leur destin. Quand la bête prenait possession de leur esprit, Samuel attendait sur le qui-vive. Plus d'un était mort, des cous furent cassés nets et des corps furent jetés de la montagne par l'Alpha enragé. Non pas parce qu'il avait perdu le contrôle, mais parce qu'eux ne se contrôlaient plus. Samuel protégeait la meute, même de ses propres membres. Mais c'est tout ce qu'il pouvait faire pour endiguer la propagation du poison maléfique. Nous étions des guerriers expérimentés par les nombreuses batailles, mais ne pouvions gagner la guerre qui se tramait dans nos esprits. Avant d'avoir consulté la sorcière pour trouver Brenna, nous étions en train de perdre la bataille.

Je me rappelai les nuits où la bête hurlait à la recherche de sang…

— *Dis-moi ce qu'il s'est passé,* dit finalement Samuel. *Comment as-tu repris le contrôle ?*

— *Je suis tombé sur l'odeur de notre bien-aimée.*

— *Exactement comme les runes l'avaient prédit. Elle adoucit la bête.*

Je tendis le bras et fis courir un doigt sur la douce joue de notre bien-aimée. Sa peau était soyeuse, si parfumée. Ce soir, elle sentait tel un clair de lune sur la neige et les secrets profondément enfouis dans la terre. Des choses qu'aucun homme ne pouvait décrire, des choses que seul un loup pouvait comprendre.

Ma main se referma autour de son cou. Son pouls pulsait contre ma paume.

Samuel et moi redoutions tous les deux le jour où elle se

réveillerait et découvrirait ce que nous étions réellement. Pas uniquement des loups-garous, mais des Berserkers, maudits par de la magie corrompue. Nous avions dit à Brenna de ne pas craindre le loup, mais nous n'avions jamais mentionné ce dont elle devrait vraiment avoir peur : la bête.

Elle nous avait vus dans notre forme de loup, mais elle n'avait pas vu la bête. Ni rien qui s'en approchait.

Savait-elle que quand nous la prenions, durement et rapidement, sans réfléchir, quel monstre rôdait dans nos esprits ? Sentait-elle à quel point la bête voulait lui faire du mal ?

Mes doigts se fermèrent sur son cou. Une fois, j'avais presque perdu le contrôle. Cela ne pouvait jamais se reproduire.

— *Nous ne pouvons pas continuer à lui cacher la bête*, dit Samuel, ses pensées résonnant sur le lien.

J'arrachai ma main d'un air coupable.

— *Elle la rencontrera, d'une façon ou d'une autre.*

— *Nah, c'est trop dangereux. C'est pour cela que nous avons passé tant de siècles seuls.*

— *Si elle est destinée à être notre compagne, elle doit rencontrer la meute, apprendre nos habitudes. Nous ne pouvons pas la garder à l'intérieur pour toujours.*

— *Mais*, rétorquai-je en luttant pour transcrire mes sentiments en mots. *Et si après avoir rencontré la bête, elle n'arrivait plus à nous aimer ?*

— *Peut-elle réellement nous aimer, si elle ne sait pas ce que nous sommes ?*

— *La bête ne connaît pas l'amour. Elle tentera de la détruire.*

Je retins mon souffle jusqu'à ce que Samuel réponde.

— *Prie qu'elle ne réussisse pas.*

CHAPITRE 2

*A*gité, je laissai Brenna dormir seule et partis chercher de la nourriture. Je me tins à l'embouchure de la grotte, clignant des yeux devant la lumière du soleil. Wulfgar était accroupi sous sa forme humaine, rôtissant la viande.

— Quelles sont les nouvelles ? demandai-je.

— La Meute Rouge a envoyé un message. Lors de la prochaine pleine lune, ils se réuniront pour la Chose. Ils ont demandé notre émissaire.

Je fronçai les sourcils.

— Étrange demande.

Il n'y avait pas beaucoup de meute sur l'île et la plus proche de la nôtre, La Meute de la Lune Rouge, nous considérait comme des ennemis mortels. La dernière fois que l'un des nôtres les avait croisés, il aurait été tabassé et tué, si Samuel n'était pas intervenu à temps.

C'était la deuxième fois que mon Alpha me sauvait la vie.

Wulfgar grogna. Il savait que la Meute Rouge nous haïssait.

— Des chasseurs s'approchant d'un peu trop près et ils veulent faire quelque chose à ce sujet.

— Ce qui veut dire qu'ils veulent que nous fassions quelque chose à ce sujet, corrigeai-je. Très bien. Envoie un message pour dire je serai présent.

Je sentis son hésitation.

— Ils veulent Samuel.

— Ils m'auront moi, grondai-je.

Cette fois, mon ancienne meute ne trouverait pas que j'étais si facilement dominé.

Wulfgar inclina la tête.

— En plus, dis-je d'un ton plus léger. On m'appelle pas Daegan Langue d'Argent pour rien.

J'étais davantage un expert des subtilités de la diplomatie que notre solide Alpha. De plus, quelqu'un devait rester sur la montagne, avec Brenna. Elle était un secret que nous ne pouvions nous permettre de révéler.

La tête de Wulfgar se baissa un peu plus. Même s'il faisait une tête de plus que moi et n'importe quel autre membre de la meute, il prit une posture respectueuse face à ma position dominante.

Nous attendîmes que la viande finisse de cuire. La plupart des loups mangeaient leur prise crue, mais la viande cuite satisfaisait l'homme et nous permettait de nous sentir à nouveau civilisés. En plus, nous devions la cuire pour Brenna.

Les Berserkers se relaxaient dans la clairière, certains sous leur forme de loups et d'autres, celle de guerrier. Depuis l'arrivée de Brenna, la meute était en meilleure forme, l'envie de sang réprimée. La tranquillité qui coulait de notre bien-aimée, à Samuel et moi, atteignait la meute grâce au lien de l'Alpha.

Je priai que la paix dure. La bête avait été agitée ces derniers jours. Un mot de travers, ou un geste et elle pouvait se libérer et tout ce que l'on craignait pourrait advenir. La bête adorait briser les belles choses.

Pour enlever ma peur, je détournai mes pensées vers Brenna. Mon corps s'émut simplement en pensant à elle, sa peau parfaite et ses courbes aguichantes, ses cheveux brillants se renversant sur les peaux. Je pourrais manger et boire de son corps jour et nuit et ne jamais en avoir assez.

Je pouvais presque sentir sa sublime odeur, même par-dessus la fumée et le feu. Je fermai mes yeux à moitié et inhalai.

Mes yeux s'ouvrir net quand je réalisai que je n'imaginais pas son odeur. Ma bien-aimée se tenait à l'entrée de la grotte, pieds nus et vêtue d'une simple robe que nous lui avions donnée.

Ses yeux s'écarquillèrent alors qu'elle assimilait la clairière rocheuse remplie de guerriers et de loups.

— Brenna, dis-je, d'un ton sec.

Tous les loups de la clairière oscillèrent leurs têtes vers elle, leurs visages remplis d'une dangereuse émotion : le désir.

Brenna le sentit. En un instant, elle fit la pire chose qu'elle aurait pu faire. Elle fit un pas en arrière. Battre en retraite montrait au loup votre faiblesse.

Je me lançai au travers de la clairière, mais pas avant qu'un jeune guerrier aux cheveux rouges se précipite à ses côtés. Fergus était le plus petit d'entre nous, mais il avait la force de soulever un chevreuil qui faisait trois fois sa taille et de le porter jusqu'en haut de la montagne. Il casserait notre bien-aimée sans même réaliser qu'il avait essayé.

Une seconde après avoir réalisé que je n'atteindrais pas Brenna à temps, une main sortit de nulle part et se fixa sur l'épaule du jeune.

— Transforme-toi, ordonna Wulfgar et le corps de Fergus obéi.

Le jeune homme se transforma en loup, obéissant à l'ordre du troisième dominant de la meute. Quelques autres guerriers grimacèrent alors que l'ordre souffla en eux tel un vent froid, les forçant presque à se Transformer eux-mêmes.

Je fonçai en passant au milieu de deux d'entre eux, attrapai Brenna et la hissai sur mon épaule.

— Tu as des ennuis à présent, fille.

Elle se tortilla et je soutins mes mots d'une tape vive sur ses fesses alors que je marchai à grands pas vers le vestibule de la grotte et vers nos chambres sculptées dans la montagne.

— Nous t'avons dit de ne pas quitter nos quartiers, fille. À quoi tu pensais ?

Une réelle peur monta en moi et je la repoussai, me tournant plutôt vers la colère.

J'entendis un grognement derrière moi et je me tournai en grondant. Un guerrier blond nous avait suivis, incapable de résister à l'odeur enivrante de notre femme.

Il grogna par défi.

— Mienne, grognai-je en retour.

Je descendis Brenna de mes épaules et la poussai en direction de nos quartiers, me mettant en même temps entre elle et le futur attaquant.

— Recule, Siebold.

Le guerrier s'accroupit pour se préparer à combattre, une lueur sauvage dans ses yeux dorés. Ses épaules se recroquevillèrent alors qu'il rugit par défi.

— Transforme-toi, aboyai-je, en exprimant le pouvoir de l'Alpha.

Siebold tomba à quatre pattes, de la fourrure apparaissant le long de l'arête de sa colonne. Ses os claquèrent et craquèrent alors que son loup prenait le dessus.

— Reste.

Je donnai l'ordre d'un air suffisant et le laissai dans le couloir, hurlant sa défaite.

Je fis une pause sur le seuil et pris une longue inspiration, luttant pour contrôler mes émotions avant d'entrer dans la chambre.

Brenna attendait les bras croisés sur sa poitrine. Elle ne paraissait pas effrayée. Elle paraissait furieuse.

Elle croisa mon regard avec audace, mais quand je rôdai vers elle, elle eut le bon sens de reculer.

Ma main vint autour de son cou, la prenant au collet. Ma peau brûla quand elle toucha le torque en argent que nous lui avions donné à porter.

Ma propre bête était à deux doigts de se libérer.

Je la forçai à faire marche arrière.

Avec peine, je retirai ma main de sa gorge. Des deux mains, j'ouvrai d'un coup sec le torque et l'enlevai. Je laissai pendre le métal tordu devant son visage.

— T'as accepté de le porter, non ?

Elle acquiesça.

— Sachant ce que ça voudrait dire ? Sachant que tu devrais vivre au sein de la meute et nous obéir ?

Elle acquiesça de nouveau. Je jetai le torque sur le sol. Elle tressaillit quand l'argent heurta la pierre, mais ses yeux ne quittèrent jamais les miens.

— Tu as accepté de vivre parmi nous, d'obéir à Samuel et moi et de suivre nos règles ? Des règles qui te protègent ? Des règles pour assurer ta sécurité ?

Son front se plissa, mais elle acquiesça encore. Elle savait où j'allais et n'aimait pas ça.

— T'es une femme d'honneur, Brenna, je le savais dès le départ. T'essayais de partir ? De retourner dans ton monde ?

Elle secoua la tête.

— T'as enfreint une règle, Brenna. Nous t'avons laissée seule, mais j'allais vite revenir avec de la nourriture. Nous ne te laisserons jamais seule longtemps. C'est la raison pour laquelle Samuel et moi t'avons revendiquée ensemble. Si l'un de nous deux tombe, l'autre subviendra à tes besoins.

Je traînai une main frustrée dans mes cheveux. Mon loup me hurlait de la jeter au sol, la marquer de ma semence, pour qu'elle et tout autre loup sachent qu'elle m'appartenait.

La bête rôdait aussi, prête à bondir à la minute où je perdais le contrôle. Comme le loup, elle voulait revendiquer notre bien-aimée, mais elle avait également très envie de sang et de douleur.

Je pris une inspiration et essayai de rester calme.

— Nous tenons à toi. Mais nous avons besoin que tu suives les règles. Compris ?

Elle acquiesça, la colère était partie de son visage. Elle n'était pas tout à fait désolée, mais presque.

Je désignai le torque sur le sol.

— Alors, choisis de nouveau, Brenna. Resteras-tu ? Sachant que tu dois te soumettre à nos règles ?

Mon cœur trembla un peu. Elle pouvait dire non. Allais-je vraiment l'autoriser à choisir à nouveau alors qu'elle pouvait nous quitter ? Allait-elle retourner dans sa famille si elle refusait de ramasser le torque ? Au plus profond de mon cœur, je savais que je le ferais. Cela signifierait la mort pour Samuel et moi et possiblement la totalité de la meute, mais je le ferais.

Le savoir aurait dû m'effrayer. Au lieu de ça, je me sentis plus fort.

— Nous choisis-tu ?

Elle acquiesça. À l'intérieur, je me réjouis, mais gardai une voix sévère. Brenna aurait pu mourir aujourd'hui, déchiquetée par des loups en rut. Je devais le lui faire comprendre.

— Alors tu nous as désobéi délibérément et tu dois faire face aux conséquences.

Je montrai le sol.

L'incertitude traversa son visage.

Je claquai mes doigts devant son visage.

— Soumets-toi. Maintenant, fille. Je ne suis pas d'humeur à être pris à la légère.

Elle se raidit, mais se baissa.

Au signe de sa soumission, ma colère s'éloigna.

— Ramasse le torque.

Elle le fit. Ses doigts habituellement gracieux tremblèrent, mais pas de peur. D'envie. Mes yeux s'écarquillèrent alors que je réalisais que ma domination l'excitait. Alors que je regardai son pouls palpiter dans sa gorge, mon propre corps se stimula au parfum de son désir.

— Offre-le-moi.

L'instinct fit effet et elle garda ses yeux baissés en m'offrant le petit cercle. Je me sentis plus puissant à ce moment, qu'en une vie de victoires contre des adversaires sur un champ de bataille.

— Bonne fille.

J'acceptai le torque et me déplaçai derrière elle, gardant ma voix douce.

— Lève tes ch'veux.

Elle obéit et je sentis mon corps se tendre davantage à sa soumission. Je le replaçai autour de son cou élancé.

— Debout, Brenna.

Ma main tint à nouveau son cou, la tirant plus près.

— Regarde-moi.

Je l'encourageai et elle le fit.

— Tu nous appartiens maintenant. Pour toujours.

Mon pouce joua sur ses lèvres. Ses yeux dans les miens, elle ouvrit la bouche et mordit le bout de mon doigt.

Mon contrôle se cassa net.

Je la poussai en avant, la soulevant à moitié et la portant vers la surface la plus proche pour la baiser. L'estrade était trop loin, mais j'arrivai au mur, pressant ma bien-aimée sur la surface dure. Sa tête percuta la pierre, mais le désir sur son visage me dit qu'elle s'en foutait. Ses mains vagabondèrent sur mes bras et mes épaules. Ses ongles creusèrent dans les muscles tendus alors que je la tenais en l'air.

— Tu quittes pas la grotte sans permission, grognai-je.

Elle méritait une punition, mais j'étais trop énervé pour la lui infliger. J'étais trop en colère pour faire quoi que ce soit, à part la baiser.

Elle me jeta un coup d'œil et tira sur mes épaules, pressant le bas de son corps contre le mien. Mes mains trouvèrent le haut de son fourreau et le déchirèrent en deux, dénudant son corps devant moi. Le désir de mordre dans son épaule, de la faire saigner, de la tenir par la peau de son cou et la secouer était presque irrésistible. Mais elle n'était pas une louve qui pouvait endurer des punitions si rudes. Je devais me résoudre à baiser notre vilaine humaine contre le mur, durement.

J'attelai une jambe autour de ma hanche et m'enfonçai en elle.

Son corps entier se balança en arrière. Sa bouche s'ouvrit en un cercle parfait de satisfaction.

Je m'actionnai en elle encore et encore, la stabilisant pour que sa tête ne s'écrase pas contre le mur, mais sinon je ne me retins pas. Elle agrippa mes avant-bras et inclina ses hanches, acceptant les coups éprouvants, les accueillant.

— Je peux à peine me contrôler près d'toi, lui dis-je. Tu penses que la meute se retiendra ? Tu aurais de la chance de survivre.

Ma main saisit son cou, pressant le torque, sentant la fraîcheur rassurante de l'argent contre ma paume. Elle aurait pu mourir aujourd'hui de la main de la meute. La bête à l'intérieur ne connaissait ni l'amour ni la douceur. Même maintenant, je voulais la flageller et la baiser jusqu'à la soumission.

J'avais tranché pour la deuxième option, jusqu'à ce que je reprenne le contrôle.

Je lâchai son cou et fixai une main contre le mur. L'autre, maintenait sa tête quand mes hanches firent un coup sec vers l'avant.

— Tu t'souviendras qui te possède. Nous sommes tes maîtres. Et t'nous obéiras pour qu'il n't'arrive pas de mal.

Elle haletait dans mon oreille.

Elle était en train d'apprécier. Bien. Je n'allais pas arrêter jusqu'à ce que je la marque de ma semence. Je ne pouvais pas sortir et arracher les yeux de chaque loup qui l'avait aperçue, mais je pouvais la marquer comme étant mienne.

Je la soulevai légèrement, poussant en elle, essayant de m'infiltrer si profondément à l'intérieur de son corps qu'elle me sentirait pour toujours. Alors que je grognais son nom, elle inclina sa tête et embrassa mon cou.

La tendre action envoya un frémissement dans mon corps.

— Ooh, fille.

Son corps se raidit et elle commença à convulser. Alors que son orgasme l'emportait, ses genoux faillirent et elle s'affaissa contre moi. La tenant près, je fondis dans ses hanches, laissant mon propre plaisir me submerger.

Nous restâmes ainsi proches, mon corps clouant le sien au mur.

Je sentis Samuel entrer dans la chambre avant qu'il ne parle.

— Qu'est-ce qu'il se passe ?

Je reculai, laissant les pieds de Brenna toucher à nouveau le sol.

— Je donne une leçon à notre bien-aimée.

Je me sentis beaucoup mieux en parcourant sa forme nue de mes mains. Brenna lança un regard triste à sa chemise déchirée sur le sol. Nous lui autorisions que rarement des vêtements, pensant que la garder nue renforcerait nos ordres pour rester dans nos quartiers, à l'écart de la meute. Nous avions raison. Elle devait mériter le droit d'avoir à nouveau des habits et notre confiance.

Samuel croisa ses bras massifs contre sa poitrine.

— Wulfgar est dehors avec Fergus à ses pieds dans sa forme de loup. Siebold est dans un tel état que je l'ai envoyé garder le nord. Il semblerait que notre Brenna ait causé un sacré bazar.

— Elle a quitté la grotte, s'est mise en danger.

— Est-ce vrai ? fit Samuel d'un coup sec, les yeux dorés brûlants en regardant Brenna.

Notre femme acquiesça, son regard vers le sol. Au moins elle était assez intelligente pour ne pas provoquer un Alpha en colère.

— C'était en partie ma faute, présentai-je. Je l'ai laissée seule trop longtemps.

— Ça ne devrait pas avoir d'importance, dit Samuel avant de me parler à travers le lien.

— *Nous ne pouvons pas la garder dans la grotte pour toujours.*

— *C'est trop dangereux*, protestai-je.

— *Je n'aime pas ça non plus, mais si elle est amenée à rester avec nous, elle doit apprendre nos petites habitudes. Il est temps.*

Samuel tendit sa main.

— Brenna.

Doucement, elle quitta mes côtés et marcha vers l'Alpha. Je croisai les bras pour cacher ma nervosité. Au moins, je pouvais apprécier la vision de ma semence ruisseler le long de sa cuisse.

Notre Brenna n'était pas une petite femme, mais le grand corps de Samuel rapetissait le sien. Sa tête n'arrivait qu'à sa poitrine. Alors qu'elle s'approchait, Samuel dompta ses traits pour prendre une expression bienveillante. Il avait l'avantage de la taille et de la force, il prit soin de ne pas l'intimider.

Samuel s'assit sur l'estrade et conduit notre bien-aimé à s'approcher pour se tenir entre ses jambes. Pendant une minute, il joua seulement avec ses cheveux, les repoussant de ses épaules nues.

— Je vais te parler des règles. Tu en connais déjà une. Ne quitte pas les quartiers sans notre permission. Tu as enfreint cette règle et dans un moment, je demanderai à Daegan de te punir.

Brenna me jeta un regard, ses yeux écarquillés et je lui fis un clin d'œil en retour. Après m'être dépensé au fond d'elle, mon loup se sentait plus calme. La bête était satisfaite. Mon calme ne m'arrêterait pas de fesser le derrière de ma bien-aimée jusqu'au rouge, mais au lieu de perdre le contrôle, je savourerais l'action.

Elle ne pourra pas dire la même chose.

Samuel agrippa ses épaules alors qu'il réfléchissait à la façon d'expliquer nos habitudes à notre petite humaine. Je ne l'enviais pas.

— Tu dois comprendre que la meute de loups fonctionne en suivant une soigneuse hiérarchie. En tant qu'Alpha, je dirige la meute, mais je la sers aussi. Si un ennemi attaque, je suis le premier à combattre. Si l'ennemi réussit, je suis le premier à mourir. En retour, la meute me respecte. Je mange en premier, j'ai les premiers droits sur n'importe quel luxe. Plus important encore, si je donne un ordre, la meute doit obéir.

Je fis le tour de la pièce, réapprovisionnant les brasiers de bois. Dans la meute, j'étais appelé « Daegan Langue d'Argent » pour mon aptitude à parler sans détour, mais en tant qu'Alpha, Samuel avait le dernier mot. Nous nous étions mis d'accord que c'était mieux qu'il enseigne les règles aux nouveaux membres de la meute. Quand un loup enfreignait une règle, Samuel jugeait et décidait d'une sentence.

— Tu n'es pas un loup, mais tu es, à présent, un membre de la meute. En tant qu'humaine, tu es… faible. Fragile. Incapable de te protéger. Je protège n'importe quel loup faible de la meute face à la mort, du moment qu'ils gardent leur place. Mais je ne peux pas intervenir à chaque fois. Les loups se battent naturellement pour leur place dans la meute. Ce n'est pas ma responsabilité d'arrêter un loup plus fort de battre un autre plus faible, si le loup plus faible l'avait défié pour dominer. As-tu compris ce que j'ai dit jusqu'à maintenant ?

Il attendit le lent hochement de tête de Brenna.

— Que t'aimes ou pas, tu es la plus faible de la meute. Nous te protégerons, mais si tu quittes nos quartiers et marches parmi les loups, tu es sujette aux règles. Tu ne dois jamais regarder un autre loup dans les yeux, qu'il soit sous sa forme humaine ou sous sa forme de loup. En agissant ainsi, cela veut dire que tu défies ce loup pour le dominer et tu dois te battre pour confirmer ta revendication. Ils te combattront pour garder leur place dans la meute. Ce n'est pas un combat que tu gagnerais.

— Si j'étais pas intervenu, Fergus ou un autre t'aurait, soit défiée, soit revendiquée. Dans tous les cas, du sang aurait coulé. Tu comprends ?

Son regard s'élança entre nous et Samuel prit son menton.

— C'est très dangereux de défier un loup. Plus de quelques secondes de contact visuel et c'est une déclaration de domination.

— Tu peux pas regarder un autre loup dans les yeux, à moins que tu veuilles le combattre. Le seul qui peut regarder n'importe quel autre loup dans les yeux est Samuel. Même moi je peux pas lui faire face comme un égal.

— Daegan est pratiquement aussi dominant que moi. Sa force est assortie à ses qualités de meneur et son ingéniosité. Il y a longtemps, nos loups ont décidé de diriger ensemble. Nous sommes liés en tant que frères d'armes, avec le serment de protéger la meute, même si l'un de nous tombe au combat, l'autre lui succèdera. C'est pourquoi nous te partageons sans nous battre. Mais même lui doit s'en remettre à moi.

Mon Alpha leva la voix.

— Daegan, regarde-moi.

Je croisai ses yeux dorés comme ordonné, mais après quelques secondes, mon loup protesta et je déviai le regard pour croiser les yeux bruns de Brenna.

— Tu vois, fille ? Nous devons tous respecter les règles pour le bien de la meute.

— La prochaine fois que tu sors de la grotte sans permission et croise seule un loup, tu seras punie, dit Samuel.

Brenna soupira et acquiesça.

— Tu as eu de la chance que j'aie été proche, aujourd'hui. Fergus est le plus jeune parmi nous et le plus rapide à perdre le contrôle. Je ne sais pas ce qu'il aurait fait s'il t'avait attrapée. Combattre ou te baiser. Mais ç'aurait pas bien fini.

Je sentis une pointe de peur, en pensant à ce qu'il aurait pu arriver si Fergus avait atteint Brenna avant que Wulfgar ne l'arrête.

— Fergus sera puni et couvert de honte devant la meute entière. Mais nous ne pouvons pas t'autoriser à rester impunie pour avoir enfreint notre règle et quitté la grotte. Tu connaissais cette règle.

— J'comprends que ce soit difficile de rester à l'intérieur, Brenna, dis-je. Mais c'est pour ta protection.

— Avec le temps, tu nous accompagneras dehors, permit Samuel.

— Samuel te permettra de marcher au milieu de la meute. Mais tu devras écouter ce qu'il dit et garder tes yeux baissés.

— Soumets-toi, Brenna, dis Samuel, suppliant presque. Ce n'est pas une chose facile que nous demandons, mais c'est nécessaire. Obéiras-tu ?

Les yeux baissés, elle acquiesça.

Il leva son menton.

— Il y a une exception à la règle. À moins que nous désirions spécifiquement ta soumission, tu peux toujours croiser notre regard. Le loup veut que tu agisses comme notre partenaire. Donc, toi Brenna, sourit-il. Tu es le seul membre de la meute que mon loup autorise à croiser mon regard. Vois-tu pourquoi tu m'es si précieuse ?

Il l'embrassa et je sentis ses émotions grâce au lien. Pas du plaisir. Du soulagement.

— Tu es un cadeau que nous ne méritons pas. Nous ne pouvons te voir blessée.

Ses doigts jouèrent sur ses lèvres, avant qu'il s'asseye en arrière.

— C'est pourquoi tu dois nous obéir, totalement. Tu as quitté la grotte sans permission. Daegan est parti pendant que tu dormais, pour aller chercher de la nourriture. Si tu ne peux pas obéir à une règle pendant quelques minutes, nous t'attacherons au lit.

— Ça m'dérangerait pas de t'attacher.

Je fis un clin d'œil.

Samuel leva les yeux au ciel.

— Daegan se fait une grande joie de soumettre des victimes non consentantes. Il appréciera aussi de te punir.

— L'un de nous devrait.

Je tendis une main.

— Il est temps, fille. Viens.

Aussitôt que Brenna fut proche, je la tirai sur mes genoux.

Je la tins en déséquilibre, ses doigts brossant le sol, ses fesses pâles calées en hauteur. Ma douce femme se tortilla sur mes genoux, massant ma bite jusqu'à ce que je l'épingle et la stabilise d'une jambe sur les siennes.

— Rien de tout ça, maintenant. Prends ta punition comme une bonne fille.

Je ne pouvais pas retirer la joie de mon ton.

Giflant une fesse puis l'autre, frappant la chair rebondie.

Je pris soin de ne pas utiliser ne serait-ce que la moitié de ma force, mais après une minute, une rougeur se répandit sur son cul.

Samuel regarda à bonne distance. Son loup était trop dominant pour que ce soit prudent pour lui de la punir. Il ne serait pas capable de garder le contrôle. En plus, il n'appréciait pas vraiment punir les jolies femmes, pas comme moi.

Une partie de moi était vraiment inquiète. Notre femme ne pouvait pas aller défier la meute. Ils la revendiqueraient ou bien la baiseraient ou la combattraient pour la dominer, la tuant dans le processus.

Je la fessai jusqu'à ce que j'entende une exclamation. Quand j'arrêtai et la redressai, le penchant entêté de sa bouche s'était adouci. Une petite larme tomba et je l'enlevai. D'après son état, la fessée l'avait fermement mise dans un état de soumission.

— Debout maintenant et va au mur. Nez contre la pierre et attend là quelques minutes.

Je frottai son derrière pour soulager un peu la douleur, puis l'expédiai d'une frappe joueuse.

— Touche pas ton cul, à part si tu veux une autre session sur mes genoux.

Elle hésita, mais fit comme j'avais demandé. Son visage brûlait d'humiliation, mais elle ne semblait toujours pas pleine de remords. Je soupirai. Je ne voulais pas casser son moral, mais nous devrions garder un œil sur elle. Nous ne serions peut-être pas si chanceux la prochaine fois qu'elle enfreindrait les règles.

Après quelques minutes, le bruit de pas lourds fit écho dans le corridor. Wulfgar fit une pause à l'embrasure de la porte pour demander le droit d'entrer et attendit jusqu'à ce que Samuel le lui permette.

— Alpha, gronda respectueusement Wulfgar.

Brenna se raidit et commença à se retourner.

— Les yeux sur le mur, fille, dis-je à Brenna. Cela fait partie de la punition.

Son corps se crispa et je me penchai et parlai d'un ton apaisant.

— C'est seulement l'un de nos soldats, venu voir que nous avions fait respecter les lois de la meute. Nous ne le laisserons pas te faire de mal.

— Wulfgar, dit Samuel en guise de salutation au guerrier visiteur.

Les deux avaient combattu dans de nombreuses batailles ensemble, depuis que la sorcière les avait changés tous les deux en Berserkers.

— Elle est là, continua l'Alpha, invitant le guerrier à regarder la femme se tenant en disgrâce comme une sale vilaine fille. Mon loup n'aimait pas exposer notre bien-aimée comme ceci, mais Samuel devait suivre le protocole.

— Tu vois qu'elle a été punie.

Wulfgar acquiesça. Malgré sa grande masse, il était le plus en contrôle de tous les loups. Pas tout à fait aussi dominant que Samuel, mais certainement assez fort pour défier l'Alpha, s'il le voulait.

Les yeux du Viking, quand ils n'étaient pas dorés de magie, étaient gris. Ils balayèrent la forme nue de Brenna, brûlant seulement pour une seconde, avant de détourner poliment son regard et faire un signe de tête à Samuel. Il rendrait compte à la meute que justice avait été rendue et la punition effectuée.

— Elle est nouvelle. Elle apprendra, dit Samuel.

Le géant acquiesça de nouveau.

— Comment va Fergus ?

— Je le garderai sous sa forme de loup pour quelques jours, grogna Wulfgar. Pour le calmer.

La coutume voulait que la partie victime, pauvre Fergus, vienne inspecter le malfaiteur et voir que la punition avait été infligée, mais Wulfgar était venu à la place du loup le plus instable. La plupart des punitions d'une meute se faisaient en public, mais nous ne supporterions pas que notre bien-aimée soit exposée devant tous les Berserkers. À moins que cela soit nécessaire.

— Est-ce que la meute sera satisfaite ? demanda Samuel.

Wulfgar hocha la tête.

— Je leur porterai le mot que justice a été faite.

— Merci, Wulfgar, dit Samuel.

Un autre hochement de la tête rasée et Wulfgar partit.

Je me reposai contre le mur, faisant courir ma main sur le dos de Brenna quand je remarquai ses tremblements.

— Tout va bien, fille. Il est parti.

Elle cligna fortement des yeux, ravalant des larmes de colère ou d'embarras.

Je la pris dans mes bras, tenant son corps rigide tout près, inclinant sa tête en arrière et enleva une larme qui s'échappait le long de sa joue.

— Cesse avec ça, maintenant. Nous ne laisserons pas de mal t'arriver.

Je fis une pause, demandant en silence à Samuel de m'aider à expliquer.

— Nous avons contourné les règles en te disciplinant en privé. Fergus n'est pas si chanceux. La meute entière sait qu'il est forcé à rester sous sa forme de loup pour quelques jours, comme punition pour t'avoir presque attaquée. Wulfgar portera en retour le récit de ta punition au reste des guerriers. Autrement, ils viendraient et demanderaient à voir eux-mêmes des preuves de ton châtiment.

— Nous pouvons pas tolérer ça.

Je frémis. Brenna me jeta un regard furieux comme pour dire : « Ça doit être trop difficile pour toi ». Elle s'éloigna de moi d'un coup sec. Son derrière rouge remua de façon séduisante alors qu'elle marchait à grands pas vers l'estrade et se saisit d'une peau pour couvrir sa forme dénudée. Son menton resta en l'air, aussi hautain qu'une reine.

Je réprimai un sourire. La punition avait abîmé sa fierté, mais ne l'avait pas brisée. Aussi luisant que fût à présent son derrière, les marques disparaitraient rapidement. Nous devions nous assurer que la leçon, elle, reste.

— Brenna, appela Samuel. Viens ici.

Notre bien-aimée évita mes yeux alors qu'elle marchait vers l'endroit où il était assis. Le grand blond l'installa sur ses genoux. Elle grimaça alors que ses fesses châtiées heurtèrent sa forte cuisse musclée, mais serra les dents.

— Tu es une brave fille de prendre si bien ta punition. Je sais que tu es nouvelle ici, mais tu dois comprendre. N'importe quel loup qui te fait du mal sera mis à mort. Si Daegan n'était pas intervenu… Nous ne voulons pas te voir blessée.

Elle regarda Samuel comme pour dire : « *Alors pourquoi suis-je assise sur un cul rouge ?* »

— Tu vis parmi nous à présent. Les meutes de loups prospèrent mieux quand il y a un ensemble de règles.

Samuel parla calmement, mais fermement.

— Tu dois vivre selon les règles ou la prochaine fois, j'en ai peur, ta punition devra être publique.

Il fit courir un doigt sur le petit cercle d'argent à son cou.

— Ce torque te déclare comme nôtre, mais c'est une petite protection face à un guerrier déchaîné.

— Nous avons été chanceux aujourd'hui, dis-je franchement. Fergus est le plus petit d'entre nous et le plus faible. Mais si tu avais défié un loup plus dominant…

Samuel frémit, une réelle crainte sur son visage.

— S'il te plait, je t'en prie, ne teste pas notre contrôle, supplia-t-il.

Brenna cligna des yeux comme si elle était choquée que l'Alpha supplie si humblement.

— S'il te plait, Brenna. Nous ne pouvons te perdre. Vois-tu pourquoi Daegan devait te punir ?

Brenna fit un rapide hochement de tête.

— Daegan aime infliger des punitions, mais il se fera pardonner auprès de toi.

Samuel regarda vers moi.

— N'est-ce pas ?

— Oh oui, dis-je facilement.

Je m'assis sur une pierre proche de l'estrade, un pot de pommade en main.

— Viens t'allonger sur mes genoux.

Brenna leva un sourcil et je lui souris.

— Tu me fais pas confiance, fille ?

Samuel la poussa vers moi. J'appréciai la vue de son corps nu flânant dans ma direction. Quand elle se posa sur mes genoux, ma bite se durcit un peu plus, je fis un soupir satisfait.

— Je pourrais m'asseoir comme ça toute la journée, plaisantai-je.

Je caressai d'une main son dos et elle frissonna.

— Tu as si bien pris ta punition. Laisse-moi te donner une petite récompense.

Prenant une généreuse poignée de pommade, je la frottai sur son derrière rougi. La piqûre de la fessée était déjà en train de s'estomper, laissant place à un éclat chaud.

Brenna se tortilla un peu et je captai une trace de son musc délicieux. L'odeur enivrante me dit combien la fessée l'avait affectée. Peut-être que c'était ça, la source de son humiliation.

Je laissai mes doigts flâner plus bas, glissant entre ses jambes pour vérifier.

— Comme je le suspectais. Trempée.

Samuel gloussa.

Brenna commença à se relever et je la retins couchée.

— Non, non, non, fille, laisse-moi prendre soin de toi. C'est tout simplement juste après t'avoir causé de la peine.

Je la gardai épinglée alors que je faisais tourbillonner mes doigts couverts de pommade autour de ses douces lèvres inférieures. Elle se tortilla pour de vrai, donnant à ma bite son propre massage agréable.

C'était un jeu amusant.

Je la laissai finalement se relever et elle recula, son visage aussi rouge que son derrière. Je levai les doigts à ma bouche et aspirai bruyamment mes doigts couverts de suc.

Brenna fronça les sourcils et je lui fis un clin d'œil.

Samuel l'attrapa, mettant la rougeur de ses fesses face à lui. Son grand corps l'éclipsait. Il portait un tissu sur ses reins et le retira rapidement, frottant sa verge contre son derrière brûlant.

— As-tu aimé comment Daegan s'est fait pardonner ?

Ses mains vagabondèrent sur la forme dénudée de notre bien-aimée. Elle lutta, mais ses yeux brillèrent et sa bouche s'ouvrit, haletant un peu alors qu'il tirait sur ses mamelons et se baissait un peu plus pour caresser de ses doigts le petit point de plaisir entre ses jambes.

Ses genoux se dérobèrent et Samuel la retint alors qu'elle s'affaissait contre lui. Il continua en grognant doucement dans son oreille.

— À chaque fois que tu nous mets en colère, Daegan fessera ton derrière. Mais je te promets que nous prendrons soin de toi. Tu es nôtre à présent.

Il la tint debout avec son bras robuste sous sa poitrine. Ses tétons rosés et durs, prêts pour qu'une bouche chaude les suce. Ma bouche saliva.

— Tu n'as pas peur de nous n'est-ce pas, petit amour ? Nous ne te ferons jamais réellement du mal.

J'approchai, pointant ma bite. Penchant ma tête vers ses

seins, j'embêtai les petites bosses, les suçant et les léchant alternativement, et les attrapant entre mes dents.

— Une petite fessée n'a jamais fait de mal à quiconque, continua Samuel. Et tu as été une si bonne fille. Nous allons te donner une récompense.

Sa main fonctionna plus rapidement entre ses jambes et elle se raidit, la bouche ouverte, les yeux se révulsant presque dans sa tête.

— Viens, Brenna, ordonna Samuel.

Je regardai son corps se tendre. De petits cris s'échappaient de ses lèvres et je l'attirai en avant dans un baiser torride.

— Douleur et plaisir, fille, soufflai-je contre sa bouche. Mais seulement de nos mains et les nôtres uniquement.

— Les nôtres seulement, répéta Samuel doucement, la tenant encore debout. Aimes-tu ça ?

Il se blottit contre son oreille alors qu'elle clignait des yeux et récupérait.

— Es-tu prête à remercier Daegan de t'avoir corrigée ?

— Donne-nous un baiser, fille.

Je fis un pas en arrière, caressant ma queue.

Samuel tint ses hanches alors qu'elle se penchait vers moi. Je reculai et la guidai plus bas.

— Pas sur ma bouche... ça, c'est une bonne fille.

Ma bite transperça sa bouche et elle suça docilement, toujours dans une brume soumise.

Samuel s'aligna derrière elle et se soulagea à l'intérieur. Nous la tînmes en l'air alors que nous la fauchions de quelques allers-retours, moi à l'avant et Samuel à l'arrière.

Il pistonna violemment ses hanches, la poussant sur ma verge. Je gardai une main douce dans ses cheveux.

Elle se tint fermement à mes flancs.

Le lien chantonna alors que Samuel et moi bougions en parfaite harmonie.

Mon pouce effleura sa joue.

— Tellement parfaite pour nous.

Samuel se baissa pour flanquer un coup sur son point de plaisir et elle soupira sur mon membre.

— Dieu, m'écriai-je, mes propres genoux s'affaiblissant.

Des vibrations montèrent en grade dans mon corps entier. Les muscles se serrant de plaisir, je vins tellement fort que je vis des étoiles.

Samuel grogna alors qu'il accélérait ses poussées.

J'aidai Brenna à descendre sur le sol et Samuel se mit sur un genou, le corps penché sur elle.

Aussitôt que je posais une peau sous son corps, Samuel releva ses jambes pour qu'il puisse s'actionner aussi profond que possible. Il la tint facilement. Son corps se rougit lorsque le plaisir l'écrasa.

Samuel jura dans son ancienne langue alors qu'il finissait. En dessous de lui, le corps de Brenna tremblait encore.

Je la retournai sur la peau et la portai jusqu'à l'estrade, étendant son corps pâle tel un sacrifice aux dieux des ténèbres.

Samuel se mit debout, déjà remis. Nous ne détournâmes pas les yeux de la femme devant nous. Du sang vrombit au travers de nos corps, se durcissant et nous préparant.

Samuel fit un pas en avant.

— Encore.

Derrière nous, quelqu'un commença à applaudir.

— Quelle performance palpitante, souffla doucement une voix froide à l'attention de nous trois.

Je me ruai sur mes pieds, grognant et fis face à la grande femme blonde se tenant à l'entrée. Un sourire moqueur courbait sa bouche. J'avais été tellement pris par mes pensées que je n'avais pas senti son approche. Un reniflement et je réalisai qu'elle avait camouflé son odeur d'une certaine façon. Elle sentait si fade et plat que la pierre du mur derrière elle.

— Sorcière, qu'est-ce que tu fais là ? grogna Samuel derrière moi, un son puissant, teinté de magie.

Il se tenait au pied de l'estrade, obstruant la vue de la sorcière de notre bien-aimée. Derrière lui, Brenna était posée, clignant des yeux, son visage encore mou du plaisir que nous lui avions donné. Ses mains agrippèrent les peaux, les tirant sur sa nudité.

Un grondement résonna profondément dans mon ventre, à l'idée d'avoir un moment si privé, perturbé par l'invité non désirée.

— Tu tentes le danger, Yseult, venant ici sans être invitée, dis-je. Mieux de partir tant qu'on est de bonne humeur.

Samuel fut moins diplomate.

— Sors.

Les yeux d'Yseult étincelèrent et je sentis la colère s'estomper un peu, repoussée par l'inquiétude. Oui, elle avait interrompu et brisé un magnifique moment. Mais la sorcière blonde était dangereuse. Elle n'avait jamais été notre réelle ennemie, mais nous ne pouvions pas la contrôler. Si provoquée, elle serait une formidable adversaire. Je joignis Samuel par notre voie commune et nos loups grognèrent d'un sentiment partagé.

Nous ne voulions pas cette femme autour de Brenna.

— Si vous ne voulez pas être interrompus alors pourquoi vous jouez dans une grotte ouverte en plein milieu de la journée ? Quiconque pourrait entrer et vous rejoindre.

La voix de la sorcière était aussi froide et impassible que son odeur, rendant très difficile de lire ses vraies intentions.

— La meute sait garder ses distances, dis-je, faisant un pas en avant, laissant mon corps dans le champ de vision entre elle et Brenna.

Yseult fit semblant de renifler.

— Je peux sentir sa chaleur au milieu de la montagne.

— Tu oses, dit Samuel, la rage l'étouffant.

Je sentis son étreinte glisser sur la bête.

— *Samuel, nan.*

Je jetai mon énergie au travers du lien, essayant de retenir la marée de rage des Berserkers. Autant que je souhaitasse voir la sorcière hors de notre sanctuaire, un loup déchaîné constituerait un désastre. Sans mentionner qu'en tant qu'Alpha, il traînerait probablement la meute entière dans une fureur sanglante.

Yseult ne survivrait pas. Mais Brenna et une grande partie de la meute surement non plus. Samuel transféra sa colère sur moi et je chancelai vers l'arrière, luttant pour rester à la verticale. La bête ne voulait pas être apaisée ou stoppée. Je n'entendis rien, ne vis rien, ne sentis rien à part de l'indignation aveugle. Mon monde se concentra sur une seule intention : attaquer la sorcière. Aux yeux de mon esprit, elle était déjà morte et ensanglantée sur le sol.

Si nous la mangions, nous absorberions ses pouvoirs.

La magie m'écrasa et mes genoux commencèrent à se dérober, une réaction naturelle de soumission à la colère de l'Alpha. La douleur germa dans mon crâne, le lien fraternel m'ouvrit à l'obsession, mais au moins, je ferais tampon pour le reste de la meute.

Pourquoi n'est-elle pas encore morte ? La bête ragea, non plus loup, mais une chose furieuse, teintée de magie.

— Je t'en prie, m'étouffai-je.

Derrière Samuel, Brenna était à présent assise droite, son visage en alerte et une expression inquiète.

Alors que Samuel commençait à s'avancer, prêt à blesser la sorcière, ou moi, ou les deux, Brenna se pencha en avant et prit sa main.

— Non, Brenna, m'exclamai-je, arrachant mon corps du sol en une tentative désespérée de m'interposer entre elle et l'Alpha sur le point de perdre le contrôle. Samuel ne pouvait pas la blesser.

Avant que je ne l'atteigne, Samuel se tourna vers Brenna, les dents dévoilées. Son bras paraissait plus touffu avec la Transformation imminente.

Ses yeux tombèrent sur notre bien-aimée, calme et inno-cente dans son cocon de peaux.

La bête se calma.

Je ne l'aurais pas cru si je n'en avais pas été témoin. Une part de moi voulait jeter un coup d'œil à Yseult, pour voir si sa bouche était béante à la vue de l'Alpha enragé, calmé au contact d'une femme, comme un cyclone emporté par une brise d'été.

Brenna sourit et le soleil apparut.

Samuel sourit en retour, complètement homme, son loup calmé et posé tel un chiot avec sa mère.

Yseult éclaircit sa gorge.

J'avais presque oublié qu'elle était là.

La sorcière sourit également, mais elle paraissait mal à l'aise, comme si elle avait vu quelque chose qu'elle ne comprenait pas vraiment.

— Vous avez suivi mon conseil. Je vois que les résultats ont été satisfaisants.

Son regard fit un mouvement rapide entre nous et mon loup se sentit encore gêné, haïssant l'air suffisant sur son visage.

Les sourcils de Brenna se froncèrent.

— C'est bon, fille, m'entendis-je dire. C'est juste la sorcière, celle qui nous a conduits à toi.

Le visage Brenna se vida prudemment. Je sentis un élan de culpabilité. Nous avions approché son beau-père, l'avions payé pour l'attirer loin de sa famille et nous la vendre. Ce n'était pas la façon dont j'aurais espéré rencontrer la femme qui serait notre salut, mais ce fut rapide. Et Brenna s'était faite à son rôle.

Du moins, il semblait. J'étudiai son expression prudente,

désirant avoir pu lui parler. Lui demander ce qu'elle pensait de devenir la compagne de deux Alphas. Si notre attention pour elle était assez pour la satisfaire.

De retour à l'estrade, Samuel aida notre bien-aimée à se lever et la maintint pendant qu'elle tirait sur elle une cape. Yseult fit un petit sourire narquois à la vue du guerrier de forte carrure agissant telle une femme de chambre, mais Samuel l'ignora, se concentrant sur notre compagne, faisant attention à rester calme, après avoir été si proche de perdre son emprise sur la bête.

Je tournai mon attention vers la sorcière qui avait provoqué tellement de problèmes durant les quelques minutes de sa présence.

— Qu'est-ce que tu veux, Yseult ?

— Simplement me renseigner à propos de vous. La dernière fois que je vous ai vus, vous vous accrochiez. Vous étiez à une griffe de tomber dans la rage des Berserkers pour toujours. Les runes que je lance m'ont donné un aperçu de votre futur possible et il était sombre. À part avec la femme, bien sûr. Je me demandais si vous l'aviez trouvée.

— Nous l'avons trouvée, grogna Samuel.

Son ton fit bien comprendre qu'il voulait que la femme parte.

— Trouvée et imprégnée, je vois.

Yseult inclina sa tête, nous étudiant comme si nous étions des insectes particulièrement hideux, rampant sur ses bottes.

— Les humains ne peuvent s'accoupler avec des loups, dis-je automatiquement.

C'était vrai. Seule une femme avec un peu de magie, en partie sorcière, pourrait porter un enfant loup. Ma mère avait été l'une d'elles. Il y avait des loups femelles, mais elles ne couraient pas les rues et la plupart ne s'accoupleraient pas avec un loup Berserker, teinté comme nous l'étions, de magie noire.

— Peut-être. Peut-être pas.

— De quoi parles-tu ?

Samuel était en train de perdre patience. Le grand homme croisa les bras sur sa poitrine.

— Amusant, j'ai senti sa chaleur. À quelle fréquence est-elle fertile ? Chaque pleine lune ? N'avez-vous pas remarqué à quel point son odeur est plus forte à cet instant ? À la fois son odeur et sa... faim.

— C'est naturel, remballa Samuel.

Durant les quelques lunes depuis l'arrivée de Brenna, nous avions remarqué son envie intense pour nous, à chaque pleine lune.

— Humaine ou louve, toutes les femmes passent par là.

Yseult leva ses sourcils dans un défi silencieux face à sa déclaration.

Les joues de Brenna étaient roses, mais je ne pouvais lui éviter son embarras. Je devais savoir.

— Es-tu en train de dire que ce n'est pas naturel pour une humaine ? Est-ce que Brenna entre en chaleur, comme une femelle de notre espèce ?

Yseult fit son maudit sourire énigmatique.

— Pourquoi ne lui demandez-vous pas ? Voyez ce qu'elle dit ?

Brenna ravala une rude bouffée. Sa main vola vers sa gorge, couvrant la marque blanche au travers de son cou.

— Oh oui, ronronna Yseult. Elle est muette. Je me souviens maintenant.

Fronçant les sourcils aux mots indélicats de la sorcière, j'allai à ses côtés. Samuel l'avait déjà glissée face à lui, les bras autour d'elle en réconfort.

La sorcière nous regarda. Tout ça, interrompre nos ébats amoureux, provoquer Samuel, était un jeu. Le loup et l'homme n'aimaient pas être traités comme des pions.

— Tu le savais, maudite que tu es, dis-je d'un ton glacial. Tu as été la première à la trouver.

Yseult leva les mains en défense.

— Du calme, Daegan. J'ai simplement lu les runes. Je n'ai jamais rencontré la fille. Je suis contente qu'elle convienne.

— Elle convient, accordai-je franchement et me tournai pour regarder Brenna.

Mon visage s'adoucit.

— *Elle convient plus que bien*, parlai-je à Samuel par le lien et il fut d'accord.

Yseult paraissait ennuyée. Elle savait que les loups pouvaient parler entre eux et elle détestait ça. Elle aimait être celle qui détenait les secrets.

— Dis-nous ce que tu sais, ordonnai-je, sans trop d'espoir qu'elle le ferait.

— Mon cher Daegan, je ne sais rien.

Elle haussa les épaules.

— Si vous me laissiez seule avec elle quelques instants…

— Non, grogna Samuel.

— Je pourrais étudier la marque du loup, continua la sorcière froidement comme si elle n'avait pas été interrompue. C'est comme ça que vous avez su qu'elle était celle dont les runes avaient parlé, n'est-ce pas ? Le loup l'a attaquée quand elle était jeune.

— Attaque de chien, lançai-je furieusement. Sa famille nous a dit que c'était un chien sauvage.

— Chien, loup… dit Yseult en haussant les épaules.

Samuel et moi échangeâmes des regards. Était-ce possible que notre Brenna ait été mutilée par un autre loup-garou ? Et pas n'importe quelle sorte de loup, une créature comme nous, teintée de magie, un Berserker sous l'emprise de la folie ?

Les yeux d'Yseult brillèrent.

— Oui, vous commencez à voir à présent. Vous êtes-vous

déjà demandés comment elle avait survécu à une attaque si brutale ? Vous êtes-vous déjà demandé pourquoi ?

Samuel et moi clignâmes des yeux et je regardai Brenna, qui paraissait aussi confuse que nous l'étions.

— Dis-tu que la raison pour laquelle elle a été attaquée… et la raison pour laquelle elle a survécu… qu'il y a une connexion ?

Le sourire d'Yseult s'élargit.

— Tu parles en faisant des détours, sorcière. Dis-le-nous ou bien pars.

— Je vous le dirai, quand je le saurai pour de bon. Mais je veux une faveur en retour.

— Une faveur ?

— Comme d'habitude.

Samuel fit un signe de la main.

— La meute remplira les termes. Daegan et moi ne prendrons plus part.

— Déjà tellement fidèle à cette femme ? Je n'aurais jamais cru que je vivrais pour voir le jour où une femme vous lierait à elle.

Samuel ignora le sarcasme de la sorcière.

— La meute s'assurera de répondre à tes besoins.

— Ils ne sont pas fidèles à votre Brenna ? Ou ne la partagez-vous pas ?

— Nah, grognai-je. Nous ne la partagerons jamais.

— Dommage, renifla Yseult. Quand le temps viendra de collecter ma faveur, j'apprécierais d'avoir une autre femme pour m'aider… à divertir la meute. Vos loups sont si voraces… particulièrement le blond balafré, quel est son nom ?

— Siebold, répondîmes Samuel et moi, ensemble.

Le grand Viking avait des tendances sadiques qui correspondaient à la folle envie de sang d'Yseult. Bien sûr, elle le préfèrerait.

— Siebold, oui, ronronna Yseult. J'aimerais beaucoup plus de temps avec lui. Peut-être que je pourrais le prendre avec moi…

— Non, dis-je. Connaissant la sorcière, elle demanderait probablement directement à Siebold et il pourrait accepter le défi.

— Nous ne lui permettrions pas de partir, ajoutai-je.

— Dommage.

Yseult ne semblait pas en colère.

— Je vais devoir attendre jusqu'au solstice, alors.

Elle me sourit, se rappelant probablement le dernier solstice, quand Samuel et moi l'avions prise ensemble, pendant que la meute regardait.

Sans surprise, une image apparut spontanément dans mon esprit, le corps nu de la sorcière se tortillant sous moi. Le souvenir me fit sensation de froid, comparé au moment que je venais juste de passer avec Brenna, même si c'était le même acte. Il n'y avait aucun amour entre Yseult et moi.

Je me détournai, me questionnant sur les sentiments chaleureux que j'avais pour la femme aux cheveux noirs sur l'estrade. Était-ce de l'amour ?

— Notre femme est affamée, dit Samuel à Yseult. Tu devrais peut-être partir.

— Comme tu le souhaites, dit Yseult d'un ton acerbe.

Nous ne l'avions pas complètement insultée, mais de justesse. La sorcière le méritait, même si ce n'était pas judicieux de fâcher quelqu'un de si puissant.

— Une dernière chose, dit-elle et je me crispai dans l'attente de sa pique de départ. Vous avez revendiqué cette femme comme votre bien-aimée, votre réelle compagne ?

Je fus choqué à l'emploi de « bien-aimée », le nom personnel que j'avais pour Brenna. Je me demandai si c'était possible que la sorcière l'ait cueilli dans mes pensées.

— Elle est nôtre.

— L'est-elle, vraiment ? Je demande juste, car je ne vois pas de marque de revendication.

Samuel plaça une main sur l'épaule de Brenna, là où un loup-garou mordrait sa compagne durant la frénésie d'accouplement.

— La chair humaine est fragile. Elle est nôtre, même si nous ne la marquons pas.

— Hmmm. Comment pouvez-vous être sûrs, alors, qu'elle est votre réelle compagne ?

Yseult leva trois doigts.

— La chaleur d'accouplement, le lien d'accouplement, la morsure d'accouplement. Ce sont les trois signes d'une vraie compagne de loup-garou.

— Qu'est-ce que tu saurais de ça ? demanda Samuel.

Brenna ne pourrait pas nouer de liens avec nous et ne pourrait pas survivre à une morsure d'accouplement. Elle n'était pas un loup-garou ni une bonne candidate pour un mâle Berserker. Mais jusqu'à maintenant, aucune femme de l'avait été. Yseult semblait tester notre loyauté envers notre bien-aimée, demandant des preuves de notre amour. Samuel parut frustré.

— Pourquoi cela t'importe autant, à moins que tu sois jalouse ?

Yseult devint pâle.

— Je ne souhaite que servir, Alpha. Vous m'avez approchée pour trouver celle qui vous apporterait la paix. Si ce n'est pas elle… rétorqua-t-elle d'un ton mordant.

— C'est elle.

Samuel enveloppa ses bras autour de Brenna, sa main géante faisant disparaitre sa gorge et couvrant le torque d'argent qu'elle portait.

— Alors, revendiquez-la.

Samuel libéra Brenna et la mit prudemment sur le côté. Je sentis que mon Alpha était proche de perdre à nouveau le contrôle et cette fois, aucun contact apaisant d'une femme ne l'arrêterait.

— Yseult, peut-être que c'est sans doute le moment pour toi de partir...

Yseult me suivit, mais se tourna à la dernière seconde.

— Si vous ne constituez pas un lien de couple, il y a d'autres loups qui adoreront la prendre.

— Dehors ! rugit Samuel, son dos déjà recroquevillé par une moitié de Transformation. Pas en un loup, mais en une bête à mi-chemin entre animal et homme.

Le visage d'Yseult pâlit un peu et elle fit un pas en arrière, le peignant d'une révérence moqueuse à la fin.

— Jusqu'au solstice.

* * *

LES OREILLES RÉSONNANT ENCORE de la colère de Samuel, je laissai Yseult partir devant moi et la suivis loin de notre dortoir. Elle marcha à grands pas le long du couloir de pierre avec son menton en l'air, ne révélant aucun indice qu'elle avait été chassée.

— Yseult, appelai-je et elle fit une pause, laissant son dos rigide vers moi.

— Dis-moi, est-ce possible pour une humaine de s'unir avec un loup ?

— Une humaine ? Pure ? Avec toute la magie retirée par leur Christ Blanc ? Non.

Son ton se moquait.

— Alors Brenna ne peut pas être notre vraie compagne.

Même en le déclarant, le loup à l'intérieur de moi ne fut pas d'accord.

— *Elle est nôtre*, insista le loup. *Notre vraie compagne.*

Je me forçai à croiser le regard d'Yseult. La sorcière

semblait sentir le désaccord du loup et mon désespoir. L'expression sur son visage était proche de la pitié.

— Je vais te dire, Daegan. J'ai lancé les runes avant de venir.

— Et ?

— Samuel et toi devez trouver votre vraie compagne avant la prochaine lune rouge ou la bête vous consumera.

Je déglutis. Je ne savais pas ce que cela signifiait et je ne le demandai pas. C'était possible qu'Yseult, elle-même, ne comprenne pas. Si elle comprenait, elle nous le dirait uniquement quand elle serait prête et pas avant.

— Je pensais que Brenna arrêterait la folie.

— Les runes sont tombées comme elles auraient dû, Daegan, dit Yseult d'un ton sec.

J'examinai son visage. Nous avions été amants autrefois. Je pouvais surement trouver un indice sur son visage de ce qu'elle pensait.

Rien.

J'essayai de la raisonner.

— Tu peux voir aussi bien que moi… elle calme la bête.

— Je suis désolée, dit-elle. Mais comme j'ai essayé de le dire à Samuel, il y a trois prérequis.

J'acquiesçai. La chaleur d'accouplement, le lien d'accouplement, la morsure d'accouplement.

— Si vous ne pouvez accomplir ces trois choses, elle n'est pas votre vraie compagne, dit-elle en haussant les épaules.

— Mais le loup la revendique comme compagne.

— Qu'en est-il de la bête ? La troisième, plus sombre partie de toi. Est-ce que la bête l'accepte ?

Je secouai la tête.

De quelle façon se sent un homme quand il souffre d'une blessure mortelle et survit seulement pour qu'on lui dise qu'il sera pendu le lendemain ? Je déglutis.

— Alors qu'en est-il de Brenna ?

— Sa présence est utile, je suppose. Mais à moins que la bête la voie comme sa vraie compagne… dit Yseult en haussant les épaules. Tu me demandes ce qu'il adviendra d'elle ? Ce qu'il se passera quand la bête prendra le contrôle ? Pour quiconque autour de vous, qu'ils soient des villageois, des êtres chers, ou même des armées ?

Elle n'avait pas à regarder dans mes pensées pour voir les souvenirs de champs de bataille. Ils étaient écrits sur mon visage, sur les cicatrices de mon corps et le regret dans mon regard.

— Ils meurent.

Elle hocha la tête.

Chaque muscle de mon corps se serra.

Si Brenna n'est pas notre vraie compagne, quand la bête finalement nous consumera, elle n'y survivrait pas.

Une image brilla dans mon esprit : une femme déchiquetée en pièces. Aucune trace sauf une tache sur le sol.

Je sentis du sang dans ma bouche et vomis presque.

Mes entrailles se tordirent quand je réalisai ce qu'Yseult était en train de dire : si nous aimions Brenna, nous l'enverrions loin.

— Combien de temps avons-nous ? grinçai-je.

— Autant de temps qu'il vous faut pour succomber à la folie. Vous avez peut-être une lune. Vous avez peut-être un jour. Ou peut-être que cela prendra un siècle.

— Elle ne vivra pas un siècle. Les humains ne vivent pas aussi longtemps.

— Alors vous devriez trouver votre vraie partenaire le plus rapidement possible.

— Est-ce pour ça que tu es venue aujourd'hui ? Pour nous prévenir ?

— Oui. Crois-le ou non, je suis une amie.

Je n'y croyais pas. Elle était une alliée, jamais une amie. Si elle révélait des informations maintenant, c'était parce que cela correspondait à ses objectifs.

Pourtant, je la remerciai de façon bourrue.

Elle répondit en retour d'un sourire qui ne parvint pas vraiment jusqu'à ses yeux. Ses hanches se balancèrent alors qu'elle marchait en s'éloignant, une vue faite pour aguicher. Cela me rendit malade.

— *T'as entendu ?*

— *Ouep*, dit Samuel par le lien.

— *Nous devons le dire à Brenna. Elle devrait savoir.*

Silence.

Yseult fit une pause à l'embrasure de la grotte et je marchai à grands pas pour la rattraper, réticent à la laisser s'attarder parmi la meute.

— Je t'accompagne jusqu'au chemin.

Elle acquiesça poliment. Si elle sentit ma détresse, elle ne dit rien.

— *Samuel ?*

— *Nous lui dirons.*

La nausée dans mon estomac se répandit dans tout mon corps. Le loup voulait courir après la sorcière, les mâchoires claquant et la conduire hors de la montagne pour avoir apporté ces nouvelles. Il ne comprenait pas le futur ou le choix se présentant à nous.

Il comprenait le présent et la douleur. Et il voulait riposter.

Pendant un instant, ma vision se troubla du désir de tuer quelque chose. J'attendis le temps que cela s'éclaircisse et marchai tranquillement vers le feu de camp dehors. Yseult se pavanait à côté des loups qui eux l'observaient, quelques-uns sous leur forme humaine.

— Bonjour, Siebold, ronronna-t-elle alors qu'elle passait à côté du guerrier.

Le grand blond était assis torse nu sur une pierre près du feu, aiguisant son épée. Il se tourna pour la voir partir.

— Siebold, appelai-je et après un long regard à la femme disparaissant, il me donna son attention.

— Tu es de garde jusqu'au crépuscule.

La colère traversa le visage de l'homme. Il appartenait au groupe de guerriers qui, comme Samuel, avaient été appelés à Northvegr pour combattre pour un roi appelé Harald Fairhair. C'était il y a longtemps, avant même que je naquis. J'étais seulement un chiot quand ils étaient venus, un Viking des terres froides, naviguant jusqu'ici sur des navires à tête de dragon. Pour un guerrier chevronné comme Siebold, se soumettre à quelqu'un de plus jeune et moins expérimenté devait énerver le grand guerrier. J'étais plus dominant, uniquement grâce à mon lien avec Samuel. L'Alpha me faisait confiance.

Aucun de nous ne faisait confiance à Siebold.

— Qu'est-ce que voulait la sorcière ?

— Toi, dis-je ne pouvant résister à le taquiner. Ligoté à un cadre pour qu'elle te baise, puis te mange. Nous lui avons dit non.

Siebold renâcla.

— Tu plaisantes, Beta, dit-il du ton acerbe qu'avait utilisé Yseult.

Peut-être que je pouvais convaincre Samuel de remettre le loup hostile à la sorcière pour ses desseins sombres.

— Ne boude pas, Viking, l'appelai-je par son surnom. Elle sera de retour au milieu de l'été pour son poids de chair et faire déchirer sa culotte.

Je lui fis un clin d'œil.

— À présent, trotte jusqu'à ton poste. J'enverrai la relève au coucher du soleil.

Provoqué, il grogna, des lèvres humaines se retroussant sur des dents légèrement plus tranchantes que celles d'un humain normal. Laissant tomber les moqueries, je répondis de la même manière. Les dents à nu, je soutins son regard, laissant le loup se montrer un peu jusqu'à ce qu'il baisse son regard devant ma domination. Attrapant son arme, il se leva et suivit le chemin jusqu'au sommet de la montagne, vers un point de vue que nous utilisions pour monter la garde.

Accroupi près du feu, j'utilisai une dague pour piquer la viande rôtie, mangeant et alternativement mettant de côté des bouts pour le repas de Brenna.

J'étais prêt à partir quand un cri m'arrêta.

— Beta, dit Wulfgar en rôdant au travers de la clairière vers moi, l'inquiétude traversant son expression émoussée.

— Un mot. Nous avons eu un visiteur.

— Des chasseurs ?

Nous étions à un jour de course du village le plus proche, mais des voyageurs erraient de temps à autre sur ce que nous considérions nos terres.

— Non. L'un de nous.

La colère déborda en moi.

— Loup-garou ?

Je grognai. Il y avait une autre meute proche, la Meute de la Lune Rouge. Nous les avions combattus des années plus tôt, établissant nos droits sur la montagne. Il était peut-être temps de les revoir, leur rappeler notre revendication.

— Oui, l'odeur appartenait à un loup-garou, continua Wulfgar prudemment. Mais il ne sentait pas l'enfantement naturel.

Les poils de mon dos se dressèrent, je me levai d'un coup sec.

— Pas de la Meute de la Lune Rouge. À part s'ils ont décidé de contaminer leurs rangs.

Mes lèvres se retroussèrent à cette expression. Selon les Rouges, les loups Berserkers comme Samuel et moi et notre meute entière, étions une abomination, nés du diable. Ils permettraient plutôt à un humain de rejoindre leur meute qu'un loup-garou né de la magie.

Je le savais, car mon père avait été l'un d'entre eux, jusqu'à ce qu'il le chasse parce que sa vraie compagne, une sorcière, avait donné naissance à un enfant. Moi.

Une chose sur laquelle la Meute Rouge et moi étions d'accord : les loups Berserkers étaient dangereux. La magie qui coulait dans notre sang inspirait la rage meurtrière.

Telle la rage que je ressentais à présent.

— Sur la montagne ?

— Non. Je l'ai senti quand je patrouillais au ruisseau. Fergus l'a traqué à la limite de nos terres.

Cela me calma un peu, mais mes lèvres se courbèrent au-dessus de mes dents et je sentis une charge d'énergie en moi, me préparant à courir, à chasser, à attaquer.

À tuer.

Dans le passé, si un loup-garou pénétrait illégalement sur nos terres, j'aurais envoyé la meute lui courir après et lui donner une leçon. Les choses étaient différentes. J'avais une femme à protéger. Aucune part de moi, homme ou bête, ne permettrait une menace sur sa vie.

— Je veux qu'il soit trouvé et jeté dans la fosse. Préviens-moi quand c'est fait.

— Comme tu le souhaites, Beta.

Wulfgar souleva sa hache sur son épaule et aboya à travers la clairière à trois autres guerriers se prélassant sous leur forme de loup.

— Patrouille. Maintenant.

— *Des soucis ?*

Je captai l'écho de la voix de Samuel me parvenant au travers de notre lien partagé. La magie qui faisait de nous des loups liait nos esprits et en temps de fortes émotions, nous pouvions nous entendre aussi clairement que si nous nous tenions l'un à côté de l'autre.

— *Non.*

Le silence régna du côté du lien de Samuel, mais il n'affirma pas son pouvoir d'Alpha, ce qui pouvait forcer n'importe quel loup à s'incliner devant sa volonté.

— *Un possible intrus. J'ai envoyé des loups s'en occuper.*

Je poussai les mots vers l'esprit de Samuel, envoyant une brève impression de mon inquiétude.

Je retins n'importe quel sentiment de colère. En tant qu'Alpha, Samuel portait le plus gros de la rage des Berserkers. Quand la bête prenait le dessus, il était terrifiant, le plus puissant d'entre nous. Bien beau sur le champ de bataille, mais en temps de paix, quand la teinte de magie prenait le dessus sur nos esprits, il était le plus vulnérable à perdre le contrôle.

Faisant les cent pas autour du feu de camp, j'attendis que le remous de mes émotions se calme.

— *Daegan d'Alba.*

Samuel dit mon nom et envoya une impression de la façon dont il me voyait. Brun, avec des muscles tendineux sous les fourrures que je portais comme des vêtements. Un guerrier compétent. Je sentis un peu de blâme, comme s'il comprenait pourquoi je restais loin et pourquoi j'essayais de le protéger, mais il n'aimait pas ça.

— *Viens.*

— *Je souhaiterais attendre un peu. Je ne serai pas responsable de ta perte de contrôle*, protestai-je.

— *Tu n'es pas responsable de ma faiblesse, pas plus que Brenna est responsable de ma force.*

— *Elle calme la bête.*

— *Ouais.*

Samuel soupira.

— *Mais il est peut-être temps qu'elle la rencontre.*

Notre conversation continua alors que je marchais le long du corridor creusé dans la roche. Montrer la bête à Brenna pourrait signifier sa mort. Mais si nous nous retenions et perdions le contrôle, c'était encore plus dangereux.

— *T'souviens quand elle nous a rencontrés en tant que loups. Elle a été terrifiée. Je n'ai jamais oublié l'expression de son visage. Elle a préféré faire face à la mort plutôt que nous faire face sous notre forme de loups. À quel point nous haïra-t-elle davantage quand elle rencontrera le monstre ?*

— *Elle ne nous haït pas*, m'assura Samuel. *Elle accepte notre forme de loup. Elle acceptera la bête.*

— *T'as plus de foi en elle que moi.*

— *Peut-être.*

— Je déteste te parler quand t'es comme ça, ronchonnai-je en entrant dans nos quartiers. T'es vachement calme. Depuis que t'as essayé de devenir moine, quand on se querelle, tu as ce ton exaspérant. T'es putain de raisonnable.

— Vivre avec de l'eau et du pain dans un monastère avec rien d'autre entre mes pensées et la folie, m'a appris la valeur de la raison, au moins.

— Je pensais que t'avais détesté être moine.

— Pas assez pour reprendre mon ancien nom.

Samuel avait été Sigmund avant sa brève conversion au Christ Blanc. Un bon nom de balèze du Nord.

— J'ai passé plus d'un siècle en tant que Sigmund et la plupart de celui-ci en tant que Samuel.

— Lequel tu préfères ?

J'étais curieux. Nous ne parlions pas du sujet pressant de Brenna et de notre future vraie compagne, mais c'était un soulagement de discuter de choses sans intérêt.

— Cela n'a pas d'importance. C'est Samuel à présent. L'ancien Viking est parti.

Il avait raison. Autre que ses immenses talents de guerre, le calme et le contrôle de Samuel le rendaient compétent à diriger. Wulfgar avait quelques-unes des mêmes qualités, la puissance de la bête enragée, mais une stabilité et une force pour la soutenir. Dommage que Siebold n'ait pas appris la même chose.

— J'aimerais que le Viking soit parti, dis-je en faisant référence à Siebold par son surnom. Si nous l'offrions à Yseult…

— Non.

Samuel ne plaisantait même pas sur ce genre de chose.

J'allai vers l'estrade et poussai quelques peaux sur le côté et réalisai que Brenna ne dormait pas.

— Où est-elle ?

— Dans la salle de bain, lavant ses habits.

— Seule ?

— Quelques minutes ne feront pas de mal. Je placerai Fergus au poste de garde si tu le souhaites. Ce sera un bon exercice pour lui.

Samuel me regarda faire les cent pas nerveusement.

— Nous ne pouvons pas la garder enfermée pour toujours. Malgré mon envie.

— C'est dangereux.

— Elle doit rencontrer la meute et apprendre notre façon de vivre.

— La montrer à la meute n'aidera en rien. Elle n'est pas notre vraie partenaire.

Je grognai.

— Même si nous voulons qu'elle le soit. Tu as entendu la sorcière ?

— J'ai entendu.

Samuel s'assit sur l'estrade, les bras posés sur ses genoux. Grand et large, il ressemblait à un géant à côté de la plupart des hommes. La seule chose qui pouvait le vaincre était la rage à l'intérieur.

Je sentis une pointe de colère. Les mots de la sorcière me faisaient me sentir inutile. La bête détestait ce sentiment.

— Pourquoi les runes mentiraient ?

Je mis un coup de pied dans la pile de bois que nous gardions pour entretenir les brasiers, souhaitant que ce fût un ennemi. Pendant un instant la soif de sang bourdonna dans mes oreilles.

— Nous avons besoin d'elle. Nous ne pouvons la laisser partir, t'sais ça.

— Je sais.

J'enfouis ma main dans mes cheveux, sentant mes ongles s'aiguiser en griffes. Elles mordirent mon crâne et je m'arrêtai de bouger, prenant une profonde inspiration. Les émotions extrêmes faisaient entrer en scène la bête. Aussi proche de Samuel, je devais garder le contrôle.

— Pardonne-moi, Alpha.

Je présentai mes excuses pour contrebalancer son humiliation. Samuel était le plus fort d'entre nous, ne pas être capable de contrôler la bête l'énervait.

— C'est juste que… nous l'avons gardée dans la grotte, dorlotée et choyée. Elle ne manque de rien… à part du contact avec le monde extérieur.

Le loup en moi gémit, d'accord avec le fait que nous gardions notre partenaire en sureté et que nous en prenions soin.

— *Pas notre partenaire*, je lui rappelai.

— Est-ce que Yseult t'a dit combien d'années se passeront avant que nous perdions contrôle ?

— T'sais qu'elle ne l'a pas fait. Satanée… sorcière, dis-je en essayant de penser à une insulte autre que « sorcière », sans y arriver.

— Peut-être que les runes ne l'ont pas révélé.

— Est-ce important ? La bête prend rapidement le dessus, tu l'sais aussi bien que moi. Et quand elle le fera, nous devrons être prêts à éloigner Brenna.

Ou elle mourra. La bête ne reconnaissait pas les anciens amours comme des amis. Elle ne reconnaissait personne. Elle ne connaissait qu'une chose : la destruction. C'était une destructrice. Le monde était simplement sans valeur face à sa soif de violence.

— Est-ce possible...

— Non.

Il me coupa, mais je finis tout de même.

— ... qu'elle soit notre vraie partenaire ?

— Les humains ne peuvent s'accoupler avec des loups-garous.

— Alors qu'est-ce que nous avons fait exactement avec elle pendant tout ce temps ?

Je regardai l'estrade où nous avions passé de longues heures à faire des ravages à notre bien-aimée. Nous avions été aussi doux avec elle que nous pouvions l'être, mais dans la chaleur de la passion, c'était facile de se laisser aller.

Un jour, cet écart pourrait mettre fin à sa vie.

Frémissant à mes pensées sombres, je me concentrai sur la leçon de Samuel.

— Une vraie compagne signifie trois choses : qu'elle puisse se lier à nous. Qu'elle puisse survivre à une morsure d'accouplement. Et qu'elle puisse procréer.

— Et donner naissance.

Je bondis à ce mot.

Samuel me fixa.

— Aucune de ces choses ne peut se produire. Nous n'autoriserons pas qu'elles arrivent.

— Ma mère... commençai-je, essayant de déclencher un débat.

— Était une sorcière d'une grande magie.

— Comme Yseult. Ma mère était puissante à sa propre manière. À la fin, par contre, c'fut pas suffisant pour la sauver.

Mes pensées étaient si noires, j'étais tenté de me transformer en loup et m'enfuir. Un après-midi à poursuivre des lapins mettait les choses en perspective. Spécifiquement quand il était suivi d'une soirée avec Brenna.

— Les runes ont seulement confirmé quelque chose que je suspectais. Brenna n'est pas notre vraie compagne. Elle ne peut pas se lier à nous. Elle ne peut pas survivre à une morsure d'accouplement.

— Alors pourquoi les runes nous ont dit de la trouver ?

Samuel soupira, un son remplit des centaines d'années de désespoir.

— Je ne sais pas.

Je recommençai à faire les cent pas.

— Si nous essayions de l'éloigner, elle ne voudra peut-être pas. Elle est trop respectable.

— Alors nous devons la quitter avant de perdre le contrôle.

Le visage de Samuel se changea en pierre et je sus qu'il était en train de faire taire son loup. Le mien voulait hurler à la pensée de perdre notre bien-aimée.

— Plus on attend, plus il y aura de chance que la bête gagne.

Cela ne nécessiterait qu'un écart, une nuit sombre où la bête dirigerait et l'impensable se passerait. La bête était sans merci. Elle pouvait déchirer des guerriers expérimentés tel un gaélique dans la forêt. Que ferait un gaélique à une fleur ?

Samuel inspira profondément.

— Nous devons nous accrocher aussi longtemps que nous pouvons.

— T'peux pas tout prendre sur toi.

— Daegan…

— Non, Samuel.

— Je suis l'Alpha, grogna-t-il et mes yeux se baissèrent d'un coup sec en direction du sol, en réponse automatique à son ton sévère. Il n'avait pas besoin de montrer sa force, pour que moi ou quiconque d'autre le sentions.

— La meute n'est pas stable.

— T'prends trop sur toi.

Je ne croisai pas le regard de l'Alpha, mais mon ton le réprimandait. De toute la meute, j'étais le seul qui pouvait faire face au puissant guerrier blond. La meute avait aussi besoin de moi. Si l'Alpha succombait à la rage des Berserkers, quelle chance avait le reste d'entre nous ? Nous suivrions l'exemple de Samuel ou serions ravagés.

— Si t'prends trop de la malédiction, cela t'affaiblira.

— Cela fait si longtemps. Je sais ce que ça fait, dit-il d'une voix rauque.

J'acquiesçai.

— Ils méritent d'être soulagés.

— Ils auront de l'apaisement. Notre vraie compagne nous équilibrera et la paix se répandra dans la meute. Nous la trouverons. Nous le devons.

Alors qu'il le dit, mon loup grogna de désespoir. Brenna était notre vraie compagne, il insistait.

— *Non. Ça ne se peut pas.*

— En attendant, nous autoriserons Brenna à quitter la grotte avec nous. Nous ne pouvons la cacher pour toujours.

— Non, fis-je d'un ton sec sans réfléchir. C'est trop dangereux.

Samuel leva un sourcil. Je baissai prudemment mon regard.

— Alpha. J'indique simplement le danger d'introduire notre bien-aimée dans la meute.

— Ils bénéficieront du fait de la voir. Même si nous ne pouvons la revendiquer comme notre compagne, sa présence leur donnera de l'espoir.

Je ne pouvais rien dire, alors j'appelai la magie à moi et me changeai. Le monde disparut et devint plus net à nouveau, avec des odeurs aiguisées et colorées. Dont la plus forte d'entre elles, un voile bleu dont les bords étaient rouges et noirs, provenait de Samuel. De la mélancolie, teintée de désespoir.

— Je n'aime pas ça plus que toi, dit Samuel. Nous serons à ses côtés tout le temps.

En tant que loup, je fixai mon Alpha d'un regard blessé, faisant comprendre clairement sans mot que je souhaiterais que nous gardions en sureté notre bien-aimée, pour toujours avec nous dans la grotte.

Samuel acquiesça tristement.

— Comme moi.

Un bref moment à chasser les lapins me fit du bien. Je me lavai dans un ruisseau de la montagne et me changeai. Quand je fus de retour dans nos quartiers, Brenna avait fini sa lessive. Sa robe et les quelques fourrures étaient étendues à sécher sur la pierre et elle était entrée nue dans le bain.

Je me tins dans la caverne des sources chaudes, la regardant se baigner. Les eaux occupant la grotte étaient la raison pour laquelle nous avions choisi de faire de cette montagne notre maison. Ça et les pièces et tunnels élaborés par les nains, il y avait longtemps.

L'eau lécha ses fesses rougies alors qu'elle se baignait. J'admirai la grâce de ses mouvements simples. Depuis le premier jour où nous l'avions ramenée, elle avait le maintien et l'élégance d'une reine.

Quand j'en eus assez de regarder, je m'introduisis dans l'eau. Elle sursauta et tournoya comme si elle m'avait oublié. Je souris et fis un signe de la main pour voir si elle avait oublié que je lui avais corrigé le cul.

Ses lèvres se courbèrent de mépris. Elle me tourna le dos.

Gloussant, je m'installai sur une pierre pour apprécier la vue. Elle ne pouvait rester dans l'eau pour toujours.

— Sors de là, fille. J'ai un cadeau pour toi, appelai-je quand elle eut fini de se baigner.

Elle approcha avec prudence et je fus frappé du contraste

entre sa peau pâle, ses cheveux noirs et ses yeux de biche. Je ne pus résister à l'envie de l'attirer dans mes bras pour déposer un baiser sur ses lèvres et repousser ses cheveux de la marque blanche sur son cou. Même sa cicatrice était jolie à mon avis, parce qu'elle faisait partie d'elle.

Je lui montrai mon gage de réconciliation : un tissu rempli de baie que j'avais cueillies. Elles me valurent un sourire, mais elle plia le tissu et le mit de côté sur la pierre. Ma dame me prit la main et me mit debout. Elle tendit le bras et traça mes traits, mon nez, mes joues et mes sourcils. Je savais ce qu'elle voyait, un homme d'un âge indéterminé, brun avec les yeux clairs qui se teintaient de doré, quand la magie me prenait. Des années d'une vie dure avaient rendu mon visage décharné et rude, mais la magie qui nous permettait de guérir vite prolongeait aussi nos vies. Pour tous ces péchés, la bête nous gardait jeunes.

— Samuel veut que tu rencontres la meute, lui dis-je. Nous prévoyons de te faire sortir demain.

Je la laissai caresser les lignes de préoccupation sur mon front. Le loup soupira de satisfaction.

— J'veux pas t'exposer, Brenna. C'est pas prudent. Nous ne sommes pas…

Je galérai à expliquer.

— Nous ne sommes pas stables.

Elle continuait de me toucher. Ses doigts tracèrent mon front.

Je fermai les yeux, réalisant à quel point j'avais été à la limite ces quelques dernières heures, attendant qu'elle m'accepte ou me bannisse. Ses doigts soulagèrent mon front et mes joues, traçant de douces lignes en descendant sur ma poitrine. Chaque muscle de mon corps se détendit.

Le loup s'endormit.

CHAPITRE 3

*L*e jour d'après, je l'aidai à s'habiller de sa dernière tunique, avec des bottes en cuir épaisses.

— Samuel a demandé qu'tu dînes avec la meute. Tu vas devoir rester près de moi ou de lui et garder tes yeux baissés en tout temps.

Je vérifiai le torque autour de son cou.

— Cela te marque comme nôtre, mais il y a des limites à ta protection, lui dis-je.

Ses doigts caressèrent le collier d'argent et je ressentis une vague de fierté protectrice. Je l'embrassai, puis attrapai son poignet.

— Viens, fille.

Je la conduisis en dehors de la grotte, en faisant une pause à l'entrée.

— Souviens-toi des règles, à présent. Ne regarde aucun membre de la meute dans les yeux. Le loup considère que c'est un défi.

Son front se plissa.

— Je suis sérieux, fille. C'est une grave offense. Garde tes yeux baissés et reste près de moi.

Elle fronça des sourcils, mais se rapprocha, les yeux s'entraînèrent sur la pierre à mes pieds.

— Bonne fille.

Je luttai contre ma propre méfiance alors que nous entrions dans la clairière. Samuel avait ordonné à toute la meute de rester sous forme humaine pour cette banale visite. Nos formes de loup lui rappelaient son attaque. Ainsi, une vingtaine d'hommes la fixèrent quand ils captèrent l'odeur de Brenna. L'autre douzaine serait en train de chasser, ou de patrouiller.

Brenna commença à lever les yeux.

— Tes yeux, lui rappelai-je doucement.

Alors que nous nous déplacions à l'air libre, son cœur battit plus vite et son odeur se teinta de nervosité, ce qui fit que les hommes la regardèrent un peu plus longtemps. La seule chose plus séduisante qu'une belle femme tremblante était sa peur. Ça criait « proie ».

L'odeur apeurée de Brenna avait un goût délicieux. À ce rythme, je doutais que nous n'atteignîmes le centre de la clairière avant qu'un Berserker essaye de planter un croc en elle.

Agrippant son poignet, je l'attirai plus près.

— Calme-toi, fille, ordonnai-je à voix basse. Je ne laisserai aucun mal t'arriver.

Je lançai des regards furieux aux autres par-dessus sa tête. Quelques hommes baissèrent la tête par soumission.

Samuel entra dans la clairière, nu excepté un pagne. Alors que son regard balayait l'assistance, le reste des guerriers firent attention à ne montrer aucun intérêt à la femme de l'Alpha. Ils reprirent l'entretien du feu, préparant une bonne broche de viande ou aiguisant leurs armes. Tous, excepté Fergus qui restait sous forme de loup et qui rentra la tête au moment où Brenna et moi passâmes devant lui. Si Brenna reconnut le loup à la fourrure marron rougeâtre comme le jeune mâle qui lui avait foncé dessus, elle ne fit aucun signe.

Samuel nous fit un signe depuis là où il était assis, sur un grand caillou tel un roi sur un trône. Je posai une peau à ses pieds et priai Brenna de s'asseoir près de lui. Se penchant en avant, il posa une main sur le derrière de son cou.

Une fois que la viande fut rôtie, j'offris à Samuel la meilleure portion. Il coupa des bouts avec son couteau et nourrit notre bien-aimée bouchée par bouchée. Ses joues se rosirent de façon séduisante, mais elle ne refusa aucune de ses propositions.

Que ce soit Samuel ou moi, nous la touchâmes souvent, essayant de garder une main sur elle en permanence. La revendiquant. Montrant à la meute qu'elle pouvait bien se conduire.

Elle garda les yeux baissés, même quand les guerriers commencèrent l'un de leurs jeux favoris, lançant leurs haches sur un rondin que Wulfgar avait traîné depuis le bas de la montagne. Siebold fit récupérer les haches à Fergus, le plus petit et le plus faible de la meute. Samuel autorisa cette démonstration de domination, même s'il surveilla attentivement.

Sous sa forme de loup, Fergus rapporta la hache et la déposa aux pieds de Siebold. Il retourna au trot vers la cible quand la même hache qu'il avait rapportée fendit l'air près de lui, touchant presque sa queue.

Fergus jappa et courut.

Siebold se marra jusqu'à ce qu'une petite lance au bout en métal découpe son épaule. Outré, il chercha le lanceur. Wulfgar se tenait les bras croisés, mauvais. Siebold était le quatrième dans la hiérarchie de la meute et non faute d'avoir essayé d'être troisième. Wulfgar avait été meilleur que le guerrier blond plus d'une fois.

Grinçant des dents, Siebold retira le fer de lance de sa chair. Du sang gicla le long de ses muscles dénudés. Il ne détourna pas le regard de Wulfgar.

Wulfgar grogna par défi.

À côté de moi, Brenna poussa un petit cri d'exclamation.

L'envoûtement était rompu. Siebold regarda notre bien-aimée, des yeux brillants de doré.

Je réalisai que Brenna était en train de fixer le guerrier blond. Je repoussai sa tête.

Encore fâché, Siebold fit un pas vers Brenna. Samuel fut sur ses pieds en un instant, poussant un rugissement qui secoua la montagne. La moitié de la meute tomba à quatre pattes, commençant à se changer. Je tirai Brenna debout avec un bras bien attaché autour de son cou. Elle agrippa mon avant-bras, sa tête se tournant vers ma poitrine, ses yeux se serrèrent fermement.

— *C'était une très mauvaise idée.*

Samuel gronda la meute. S'il perdait le contrôle maintenant…

La chance arriva sous la forme d'un petit loup rouge. Fergus revint en courant dans la clairière, aboyant des nouvelles.

— *Un intrus... aux pieds de la montagne.*

La tension, déjà haute, ondula à travers la meute. Comme un, les guerriers se levèrent en saisissant leurs armes.

— Wulfgar, Siebold, avec moi.

Les yeux de Samuel luisirent de doré. Je sentis sa furie, la bête martelant le contrôle que Samuel gardait toujours bien ancré.

— *Samuel, peut-être que je devrais plutôt y aller,* dis-je au travers du lien jumeau.

Il tourna son expression furieuse vers moi et j'inclinai la tête à sa démonstration de pouvoir.

— Rentre-la à l'intérieur, ordonna-t-il. *Avant que l'intrus ne capte son odeur.*

— Viens, Brenna.

Je me maudis alors que je la tirais. Sa première fois avec la meute et elle avait défié Siebold et puis attiré un intrus ? L'excursion ne pouvait pas être pire.

À l'embrasure de la grotte, Brenna tira sur ma main, me forçant à lui faire face. Elle mit une main sur mon bras, son visage tordu d'une expression inquiète.

— Il ira bien, fille. Garde ton souci pour un quelconque intrus. Ils feront face à la colère de l'Alpha.

Elle hocha la tête et accepta mon baiser, même si elle semblait encore soucieuse.

— Crois-tu vraiment que Samuel sera blessé ? plaisantai-je gentiment. Aie un peu plus foi en tes compagnons Berserkers.

Le mot « compagnon » tomba de ma langue avant que je ne puisse le rattraper.

Nous étions à mi-chemin de nos quartiers quand j'entendis quelque chose nous suivre. Je me tournai et poussai en même temps Brenna derrière moi.

Le petit loup rouge se déplaçant furtivement après nous gémit pour s'excuser.

— Oh, c'est juste Fergus.

Fergus lâcha une pochette en cuir à mes pieds.

— J'te remercie, dis-je au petit loup.

Fergus fit un sourire de toutes ses dents et s'en alla en courant à grandes enjambées. J'ouvris le sac et souris au petit objet de bois poli à l'intérieur.

— Enfin, quelque chose de bien en ce jour de merde.

Brenna et moi avions besoin d'une distraction et à présent je l'avais. Je pris la main de Brenna et la tirai jusqu'à la salle des bains pour jouer avec notre nouveau jouet.

— Dis-moi, Brenna, que penses-tu de cette dernière visite à la meute ? demandai-je aussitôt que nous eûmes atteint le bassin de baignade.

Elle pressa ses lèvres. Sa première sortie avec la meute, elle avait presque dévalé la montagne en hurlant.

— T'as été bonne, jusqu'au moment où tu as fixé Siebold. Dis-moi sincèrement : l'as-tu regardé dans les yeux ?

Brenna croisa les bras devant elle avant d'acquiescer.

— C'est bien ce que je pensais. Bien que je veuille donner une bonne raclée à ce rat, les règles sont les règles. Wulfgar ou un autre loup pourrait laisser passer ton comportement, mais Siebold demandera un châtiment.

Je fis courir une main apaisante le long de son derrière ferme.

— N'aie pas peur. T'apprendras nos habitudes, bien assez tôt.

Je pressai ses fesses au travers de sa robe.

— J'veux pas réchauffer ton cul aussitôt après ta dernière fessée. Mais j'ai un petit rappel pour toi, pour suivre nos ordres.

Je reculai.

— Enlève tes vêtements.

Je claquai son derrière pour l'inciter et allai chercher de quoi la raser pour qu'elle soit lisse.

Nue, Brenna prit sa place sur le caillou devant moi, allongée en arrière avec ses genoux pliés et les pieds à plat sur la pierre.

Je m'installai, faisant courir un doigt le long de ses lèvres inférieures roses, en appréciant la vue et la sensation du léger duvet. La raser était habituellement ma tâche et mon grand plaisir et elle y était habituée. Samuel et moi aimions tous les deux le contact de sa peau soyeuse.

— Les jambes bien écartées, ordonnai-je, même si elle les avait déjà bien assez ouvertes. Avec un soupir, elle obéit, attendant sagement que je me mette au travail. Elle croisa les doigts, mais à part ça, elle ne montra aucun signe de nervosité.

J'affûtai la lame avec grand soin. Je pris mon temps pour huiler ses lèvres rebondies, faisant courir un pouce de haut en bas jusqu'à ce que sa respiration s'accélère. Elle déplaça son derrière sur la pierre et je la pinçai.

— Reste immobile, fille.

J'entendis son souffle au-dessus de ma tête et baissai la mienne pour cacher un sourire. Sa chatte rougit et sa petite bosse prit du poil de la bête, prête pour mes attentions une fois ma tâche finie.

Quand sa chatte fut douce, je fis courir mes mains huileuses le long de ses jambes. Elle les avait elle-même rasées plus tôt et j'appréciai la peau soyeuse, massant et pressant quelques baisers de sa cheville à son genou.

Brenna écarta encore un peu plus ses jambes, comme si elle m'invitait à passer plus de temps en son centre. Après l'avoir rasée, je la titillais habituellement jusqu'à ce qu'elle ait un ou deux orgasmes.

Brenna parut déçue quand je me levai et m'assis à ses côtés.

— T'es bien comportée. Presque fini. Viens t'allonger au travers de mes genoux, c'est une bonne fille.

Elle bougea avec empressement, attendant sans aucun doute une récompense.

Je vérifiai ses lèvres inférieures. Je jouai au milieu des plis jusqu'à ce que je la sente sa respiration s'accélère, puis mes doigts s'éloignèrent plus haut, jusqu'à l'ouverture de son cul. Je pressai et écartai souvent ses fesses pour m'amuser avec son trou inférieur. Elle le permettait, supposant que j'appréciais son derrière.

Aujourd'hui, je l'apprécierai encore plus. Aujourd'hui, le petit plug en bois était posé à côté d'elle sur un linge, attendant son tour. Sculpté et poli jusqu'à l'éclat, il paraîtrait superbe niché entre ses fesses. Avec assez d'huile, il glisserait droit dans le couloir de son derrière.

Après quelques minutes à masser ses fesses, je huilai le petit bulbe en bois et l'installai à l'extrémité étroite de son cul.

Elle se tendit immédiatement.

— Shhh, doucement. C'est une bonne fille.

Elle se tortilla et je frappai son cul.

— Reste immobile. T'pensais pas que je laisserais ton comportement de tout à l'heure impuni ? À chaque fois que tu enfreins les règles, ton derrière en paiera le prix d'une façon ou d'une autre. Tu porteras le plug à présent et la prochaine fois que nous sortirons avec la meute. Et un jour, tu seras assez détendue pour que Samuel et moi te prenions ensemble.

— Respire profondément, fille. C'est un rappel pour toi et une récompense pour Samuel.

— *Et moi*, ajoutai-je en silence.

D'un tressautement un peu plus inconfortable, elle m'autorisa à mettre le plug dans son cul. Ma bite se durcit à la vue de l'extrémité en bois, bien installée à l'intérieur d'elle.

— Bravo, Brenna.

Je vérifiai ses lèvres inférieures et portai mes doigts devant son visage.

— Comme je m'en doutais. T'as plus aimé ça que tu le laissais paraître.

Elle commença de nouveau à lutter et je piégeai ses jambes en dessous d'une des miennes.

— À présent, ta récompense.

Mes doigts caressèrent son petit bout jusqu'à ce qu'elle se tortille et halète pour une raison différente. Je l'emmenai au bord, encore et encore, m'arrêtant avant qu'elle le franchisse. Chaque fois que je faisais une pause, je faisais tourner le plug, l'entraînant à s'habituer au mouvement à l'intérieur de son délicieux derrière. D'après la façon dont elle s'exclama et bougea brusquement ses hanches, elle ne le détestait pas complètement.

Je caressai finalement sa petite bosse.

— Viens, Brenna.

Quand elle trembla jusqu'au terme, je l'aidai à se lever.

— Tu étais bonne, dis-je. Tu me fais plaisir.

Je la tournai et vérifiai le plug. La vue du bois brillant entre ses fesses durcit ma queue. Installé profondément en elle, cela étirerait son trou du cul.

— Tu le porteras comme un rappel qu'tu nous appartiens.

Je saisis durement son derrière et le giflai avant de la laisser nettoyer le matériel de rasage.

— Bientôt Samuel reviendra. Jusqu'à ce moment, peut-être que nous pouvons trouver une façon de passer l'après-midi.

Je me retournai juste à temps pour voir le plug voguer dans l'eau et disparaître avec des éclaboussures.

— Brenna.

Je gardai mon ton sévère, mais à peine.

Elle me fit face, le menton relevé et les bras croisés sur sa poitrine. Même nue et rouge de tous nos jeux, elle paraissait fière telle une reine.

Je marchai jusqu'à elle, giflant son cul en passant. Elle bondit, mais ne changea pas sa posture.

— Vilaine, vilaine fille. À présent, tu vas être punie. Samuel sera bientôt de retour et il te retrouvera avec un cul rouge éclatant.

Après quelques minutes à chercher le plug dans le bassin, j'abandonnai écœuré. Brenna recula quand je la suivis depuis l'eau, mais ses quelques pas de repli ne faisaient pas le poids face à mon pic de vitesse et elle fut sur mon épaule en une seconde.

— Fergus a sculpté ce plug pour toi. T'crois qu'il peut pas en faire un autre ?

Je la portai jusqu'à notre chambre et la posai sur l'estrade.

— Bouge pas.

En un instant, j'étais derrière elle, une longue bande de tissu dans ma main. Je liai ses mains et les étirai au-dessus de sa tête, la fixant bien à la base de l'estrade. Nous avions installé un cercle de fer par anticipation pour une récompense d'indiscipline. Jusqu'à présent, Brenna s'était montrée docile. Il n'y avait eu aucune raison de la menotter.

Jusqu'à présent.

Ébouriffant mes cheveux mouillés afin qu'ils sèchent plus vite, je lui souris en baissant la tête.

— Normalement j'aurais attendu que Samuel revienne et décide d'une punition appropriée, mais il est indisponible. Nous avons juste à nous divertir nous-mêmes jusqu'à son retour.

Elle me regarda avec prudence alors que je me positionnais au niveau de ses pieds.

— Ouvre tes jambes, fille, ou je les ficèlerai séparées.

Sa respiration s'accéléra alors qu'elle se dévoilait à mon regard. L'odeur subtile de son désir flotta jusqu'à moi et je reniflai exagérément, en agitant les sourcils quand elle rougit. Être attachée semblait l'exciter.

Je ne perdis pas de temps en positionnant ma bouche directement à son centre, réchauffant chaque délicieux centimètre de mon souffle chaud. Elle arqua son corps, soulevant ses hanches pour presser sa chatte contre ma bouche. Elle ne s'était pas attendue à ça et voulait en profiter.

Pivotant ma tête, je laissai ma langue se glisser en cercle autour de sa petite bosse enflée.

Ses hanches firent un mouvement brusque, suppliant d'en avoir plus. Ses fluides coulèrent jusqu'à la crevasse de ses fesses. Je pris dans mes paumes un peu de la sécrétion soyeuse et en enrobai un doigt avant d'explorer doucement son trou du cul. Elle se tortilla soudainement vers l'arrière.

— Non, non, fille. Il y a plus d'une façon de t'entraîner à nous prendre par ici. Et tu vas aimer ça.

Je fessai sa chatte, assez pour la faire s'exclamer. Ses cils papillonnèrent d'un plaisir choqué. Je le fis de nouveau, alternant les gifles et les caresses taquines.

Tenant ses jambes ouvertes, je continuai d'aduler le sanctuaire de sa chatte humide et glissante, appréciant la façon dont ses lèvres grossissaient sous les bons soins de ma langue. Je plongeai plus profondément, flottant à l'intérieur de son trou trempé avant de tracer un passage vers le bas entre ses fesses. Cette fois, ma langue sonda son trou inférieur.

Elle résista pour la forme, mais sa lutte cessa alors que mes doigts caressaient ses lèvres. Elle gigota à nouveau quand je touchai du pouce son clito enflé. Ma langue força le passage au travers du cercle serré des muscles. Je baisai son cul de ma langue et lui donnai du plaisir avec ma main. Ses jambes étaient posées sur mes épaules alors que je creusais en profondeur dans son petit trou. La partie supérieure de son corps se tourna, mais les liens de ses poignets tinrent fermement. Je fus sans merci. Ses pieds frappèrent mon dos alors qu'elle se tortillait.

Brenna vint fortement, son corps entier tremblant.

— Un peu plus de ça et tu jouiras d'un doigt dans ton cul seulement.

Je glissai mon petit doigt dans son derrière et le tournoyai. Elle frémit, mais son visage se relâcha de plaisir.

— Nous revendiquerons chaque partie de toi. Bientôt, dis-je, en baissant ma tête pour une autre série.

CHAPITRE 4

*D*es heures plus tard, Samuel me joignit grâce au lien.

— *Daegan ?*

— *Je suis là.*

Je me levai de l'estrade.

— *Bonne chasse ?*

— *Ouep. Nous avons trouvé l'intrus. Il est dans la fosse.*

Je souris à l'image mentale de la clairière à la base de la montagne, avec l'entrée béante d'un trou profond en son centre. Les loups montaient la garde autour des lieux.

— *Nous le laisserons là pour quelques jours avant de l'interroger.*

Je me concentrai sur Brenna, qui s'était éveillée de sa sieste. J'avais passé l'après-midi à lui donner du plaisir avant de lui donner une fessée pour avoir jeté le plug. Je l'avais prise jusqu'à ce qu'elle atteigne l'orgasme en se serrant sur ma bite avant de se blottir l'un contre l'autre et de dormir.

À présent, elle me regardait, intéressée par mon calme soudain. Peu de choses lui échappaient. Même si elle n'avait pas de voix pour poser une question, j'avais l'impression qu'elle connaissait tous nos secrets.

— Samuel est revenu. Il est impatient de te voir.

Elle attrapa sa robe et je lui arrachai et lui refusai.

— Crois-tu avoir mérité des vêtements aujourd'hui ? Les vilaines filles restent nues dans un coin, leur cul rouge en évidence.

D'un soupir, elle retira sa main.

Je joignis Samuel au travers de notre lien mental et obtins l'assurance qu'il revenait bientôt.

Au lieu du coin, je positionnai Brenna sur l'estrade, sur ses genoux avec la tête baissée et enfouie dans ses bras. Son cul pointait vers la porte, un cadeau pour Samuel.

Quand l'Alpha arriva, il fit une pause dans l'entrée, des yeux dorés brutaux et grossiers. Je retins mon souffle. Brenna aussi.

Qui était dominant ? Le guerrier ou le loup ?

Samuel avança d'un pas raide et fit le tour de l'estrade, tel un prédateur en traque. Brenna resta figée dans sa position. L'Alpha fit courir un doigt le long de son dos. Son contact était léger, mais elle frissonna. Sa peau picota de partout, de magie ou d'anticipation, ou des deux.

— Tends tes jambes.

La voix de Samuel grinça comme s'il avait oublié comment l'utiliser.

Brenna obéit, sa tête toujours plantée dans les fourrures.

Samuel l'examina, agrippant ses fesses, les écartant. Les mains de notre bien-aimée se serrèrent dans les peaux, mais elle ne bougea pas.

— Tu as utilisé le plug.

— Ouep.

Samuel me jeta un coup d'œil, ses mains encore attachées aux fesses ouvertes de Brenna.

— Comment ça s'est passé ?

— J'ai tourné le dos et Brenna... l'a perdu.

Toujours à genoux derrière elle, Samuel rassembla une masse des cheveux de notre bien-aimée, les enveloppant autour de son poignet jusqu'à ce que son dos s'arque et que sa tête vienne en arrière. Plusieurs fois de suite, il murmura son nom.

— Brenna, Brenna, Brenna. Comment je vais baiser ton cul s'il n'est pas assez étiré pour me recevoir ?

Son corps s'inclina en arrière pour alléger la pression sur ses cheveux. Je regardai son pouls palpiter dans sa gorge.

Samuel la libéra brusquement et sa tête retomba dans les fourrures. Agrippant ses hanches, il tira son cul rougi contre lui et utilisa sa bite pour caresser ses plis. Sa respiration changea, devenant irrégulière.

— La prochaine fois, je n'attendrai pas, grogna Samuel. Tu devrais mieux permettre à Daegan de te préparer. Parce que j'ai l'intention de prendre ce qui m'appartient. Et ça...

Ses mains agrippèrent fermement son derrière.

— ... c'est à moi.

D'un mouvement soudain, Samuel la recouvrit de son corps, la forçant à descendre complètement dans les fourrures. Il garda une main sur l'arrière de son cou et utilisa l'autre pour se guider à l'intérieur d'elle. Brenna était étendue sur son ventre, épinglée et désarmée. Avec ses jambes collées, son sillon semblerait plus étroit. Mes boules remontèrent dans mon corps par anticipation d'une baise si délicieuse.

Je me caressai en regardant le corps de Brenna trembler des coups féroces de l'Alpha dans son corps accueillant. Je sus le moment où elle atteignit l'orgasme, s'écrasant dans les fourrures. Ses poings s'ouvrirent et se fermèrent. Samuel accéléra, ses hanches frappant contre les siennes.

Je me concentrai sur le visage de Brenna même si des visions apparurent dans mon esprit. La vitesse du loup en chasse. Brenna, la peau de son dos flagellée jusqu'au rouge. Le désir de violence m'inonda, me coupant de mon souffle.

Samuel s'écria.

Incapable de me retenir, je me répandis sur la pierre. Je m'arrachai du mur, me demandant ce que j'avais vu. Sur l'estrade, Samuel s'affaissa sur notre bien-aimée, s'agrippant à elle.

Me tirant violemment à l'écart, je sortis de la grotte et descendis la montagne.

* * *

À MI-CHEMIN, je réalisai que mes mains tremblaient. Je fis une pause et le loup se calma. La bête était curieuse, vigilante, en attente. Qu'avais-je vu ?

Ma mère avait été une sorcière rivalisant les pouvoirs d'Yseult, mais plutôt que de chercher à assujettir un loup-garou, ma mère était tombée amoureuse. Mon père avait couché avec elle et elle lui avait donné un enfant. Moi. Mais la meute de mon père n'avait jamais fait confiance à ma sorcière de mère. Effrayée qu'elle puisse utiliser les liens de la meute à ses fins, la meute de mon père lui avait arraché sa gorge. Mon père m'avait caché à l'écart, m'introduisant seulement plus tard à la meute. Mais il était trop tard. Je n'étais pas seulement un loup-garou. J'étais un Berserker, né d'une sorcière, teinté de magie. Le pouvoir coulant en moi était un mélange de ceux de mon père et de ma mère. Ensemble, cela avait créé un monstre.

Malgré mon pouvoir et l'aptitude à me transformer, à m'emporter, à me lier à l'Alpha et à la meute, je n'avais jamais eu de vision auparavant. Une partie était dans le passé, j'en étais sûr. Une partie était dans le futur. Chaque image semblait être un signe de ce qu'il y avait à venir, mais quand elles se produiraient, que se passerait-il ?

Jurant contre les dieux, je courus à grandes enjambées le long du chemin de la montagne. Inexpliquée, la vision ne ferait que me tourmenter. Heureusement, j'avais un prisonnier sur lequel passer mes nerfs.

* * *

WULFGAR ME RETROUVA au pied de la montagne. Le guerrier huma l'air et un sourire fendit ses traits grossiers.

Je sentais le sexe.

Jurant, je fis un détour au ruisseau de la montagne pour enlever l'odeur de ma bien-aimée. Wulfgar suivit, en gloussant.

— Comment ça s'est passé ? A-t-elle lutté en prenant le plug ?

Je voulais grogner que ce n'étaient pas ses affaires, mais je saisis le désir dans ses yeux. Wulfgar avait été seul depuis aussi longtemps que Samuel. Et il était un guerrier loyal. Il méritait quelques détails, mais pas assez pour le torturer.

— Elle n'a pas aimé.

— Non ?

— Elle l'a jeté dans le bassin.

Le gros rire de Wulfgar résonna dans la montagne.

— Fergus et moi avions parié sur ce qui allait arriver.

Le guerrier secoua sa tête rasée.

— Ce petit loup roux avait raison.

C'était inévitable que la meute discute de notre bien-aimée, mais je n'aimais pas ça. Après avoir trempé ma tête dans la cascade gelée, je sortis de la mare.

— Comment va le prisonnier ?

— Toujours piégé dans la fosse. J'ai un garde avec lui.

— Je voulais jeter un œil, m'assurer qu'il ne meure pas avant que nous ayons des réponses.

Wulfgar acquiesça de compréhension. La meute s'économisait habituellement pour le champ de bataille, mais cela faisait longtemps qu'il n'y avait pas eu de guerre pour les divertir.

J'accélérai le rythme, trottinant vers la clairière où nous avions creusé la fosse. Wulfgar suivit.

— Les gardes ont les instructions de ne pas parler avec le prisonnier.

— Qui est-il ?

— Aucune idée. Mais c'est un beau loup noir. Il nous a conduits dans une joyeuse poursuite avant que nous le coincions et ne le conduisions ici.

Nous pénétrâmes dans la clairière où des guerriers erraient autour de la fosse. Un feu brulait quelques mètres plus loin, une odeur de viande rôtie, sa propre forme de torture pour un homme piégé et affamé.

Tous sauf un, s'écartèrent. Siebold nous faisait dos alors qu'il urinait dans le trou sombre béant dans la terre.

— Siebold, tu es de repos, aboya Wulfgar.

Le blond lui jeta un regard de fureur et cracha dans la fosse avant de s'éclipser au loin.

Je pris la place de Siebold, regardant dans le trou noir profond. Nous avions passé trois jours à creuser et à consolider les côtés escarpés pour construire une prison qui retiendrait un Berserker. Si un homme ou une bête essayait d'escalader, la fosse pourrait s'effondrer et l'enterrer dans une tombe précoce.

— Lumière.

Je tendis la main en ordre et Wulfgar me remit une torche allumée grâce au feu à proximité.

— Qui a jeté des lances là en bas ?

Quand personne ne répondit, je sus la réponse.

— Siebold a dû le faire quand je suis parti. Brute à la cervelle de moineau, insulta Wulfgar avec un dédain absolu.

Je lui ordonnerai, à lui et aux autres, de rester à l'écart de la fosse, peu importe ce qu'il se passe.

— Tu penses qu'il peut lancer des lances d'aussi loin ?

Je rendis la torche. Le prisonnier était sorti de l'ombre vers le cercle de lumière.

— Mieux vaut ne pas prendre le risque. Je ne sais pas de quoi le guerrier est capable. Il est sous sa forme de loup.

Je vis le loup noir se transformer en homme.

— Plus maintenant.

Le guerrier avait des cheveux noirs, des épaules puissantes avec des tatouages bleus. J'avais vu quelques guerriers porter des marques similaires. Il remua la tête alors qu'il se débarrassait de la magie du changement.

— Est-ce le type d'accueil que je reçois de la meute des Berserkers ?

— Nous apprécions pas les étrangers sur notre montagne, grondai-je.

Le guerrier sourit d'un air suffisant. Il se tint fièrement et trop sûr de lui pour un prisonnier dans une fosse.

— Votre montagne ? Je pensais que tous les Berserkers avaient été changés par une sorcière dans les Terres du Nord. Tu sonnes comme quelqu'un natif d'Alba.

— Je suis né là-bas, oui.

Ça m'était égal de donner des détails à un homme mort.

— Qui es-tu ?

— Ils m'appellent Maddox. Je viens d'un clan pas trop loin d'ici.

— La Meute Rouge ?

— Non.

Il sourit.

—Nous sommes aussi des Berserkers.

Des frissons parcoururent ma colonne vertébrale. Hormis notre meute, il n'y avait aucun autre loup Berserker. Je pris un instant pour transmettre la déclaration de Maddox à

Samuel. Maddox regarda avec un demi-sourire, comme s'il savait pourquoi je faisais une pause.

— *Il déclare être un Berserker.*

— *Impossible. À moins...*

— Qui est ton Alpha ? demandai-je au prisonnier.

— Ragnvald.

Un nom du Nord. Pas étonnant que Maddox connaisse notre histoire. Ragnvald était probablement un Berserker Viking, comme Samuel, Siebold et Wulfgar et la plupart de la meute... à part Fergus et moi.

— Demande à Sigmund s'il parlera avec moi à présent.

— Il n'y a pas de Sigmund ici, dis-je, évaluant le loup.

Maddox laissa sortir un rire cinglé.

— Sigmund était le nom de Samuel avant qu'il prononce les vœux de suivre le Christ Blanc. Le nom est resté, même si sa foi, elle, pas.

Il savait. Je transmis à Samuel, sentant un picotement d'appréhension.

Maddox sourit, montrant toutes ses dents.

— Ragnvald me l'a dit.

— Comment Ragnvald connaît Samuel ?

— Parce que Ragnvald est le fils de Bodolf. Et Bodolf était l'Alpha de Samuel, autrefois.

CHAPITRE 5

— *I*l y a une autre meute de Berserkers.

Je déboulai dans nos quartiers, où Samuel était assis sur l'estrade, les coudes sur les genoux et un air pensif sur son visage.

— Comment s'est possible ?

L'Alpha mit un doigt sur ses lèvres et jeta un coup d'œil à Brenna. Notre femme dormait, épuisée par nos ébats physiques et ses nombreux orgasmes, sans aucun doute.

— La sorcière a transformé plusieurs douzaines d'entre nous, dit Samuel. Bodolf nous dirigeait jusqu'à ce que nous naviguions à l'Est, vers cette île. Je dirigeais un groupe, Bodolf et son fils un autre. Je ne savais pas ce qui leur était arrivé. Je pensais qu'ils avaient été tués.

— Manifestement Bodolf a été le seul. Son fils est en vie et souhaite s'installer près de nous. Qui sait combien de guerriers il dirige.

— Ce Maddox... il est comme toi, Daegan ? Enfanté par une sorcière ? Est-ce comme ça qu'il est arrivé à porter la tare des Berserkers ?

— Je ne sais pas.

Je me représentai le prisonnier tatoué, me regardant d'un sourire suffisant depuis la fosse. Comme Siebold, je voulais lui pisser au visage.

— Il n'est pas d'Alba.

Samuel se frotta le menton.

— Les tatouages que tu as décrits me rappellent les guerriers originaires d'une île un peu plus à l'est.

— Tout ce que je sais, c'est que c'est un Berserker. Et qu'il veut te parler.

Des voix dans le couloir nous interrompirent.

— Oui ? appela Samuel.

Fergus entra en traînant du pied, ses yeux à terre. Sa punition achevée, il avait été autorisé à reprendre forme humaine, mais il gardait des égards prudents envers l'Alpha. Il se changea de la tête aux pieds.

— Fais ton rapport, ordonnai-je.

— Nous avons été convoqués. À la Chose. Un messager m'a rencontré à la fin de ma patrouille.

Un autre visiteur en si peu de temps. Je n'aimais pas ça.

— Qui ? demanda Samuel.

— Un membre de la Meute Rouge. Il ne voulait pas me dire son nom ni m'approcher.

Fergus lança un sourire, même s'il ne leva pas ses yeux de la pierre. L'avorton de notre meute, mais il était encore plus fort et plus rapide que la plupart des autres loups-garous. Il avait été si longtemps tyrannisé que cela lui ferait plaisir d'être capable d'en intimider un autre.

— Quand est-ce que la Meute Rouge souhaite se réunir ?

— Pas cette pleine lune, mais la suivante, dit Fergus et Samuel le congédia.

— Pas de doute que la Meute Rouge souhaite que nous nous occupions des nouveaux Berserkers.

— Bien sûr, si nous les combattons, nos forces seront

peut-être si équivalentes que nous perdrions tous les deux un grand nombre de loups.

— La Meute Rouge peut seulement l'espérer.

— Donc tu iras ?

— Non. Tu iras.

Je me tendis.

— Est-ce sage ?

— Je peux te faire confiance pour garder ton sang-froid.

Il se leva.

— Viens. J'ai appelé un guerrier pour garder notre bien-aimée. Nous parlerons à ce Maddox ensemble.

WULFGAR ET FERGUS montaient la garde au pied de la montagne.

— Je crois comprendre que la meute est au courant de notre invitation à la Chose ?

Fergus eut la décence de paraître penaud.

Je tapai le petit guerrier sur l'épaule.

— Sois pas consterné. Nous aurons besoin de ta langue frétillante pour m'accompagner à la Chose.

— Es-tu sûr ? demanda Wulfgar et le regard qu'il fixa sur moi dit clairement qu'il ne demandait pas si c'était sage d'y aller pour Fergus, mais pour moi.

— Mon Alpha ordonne. La Meute Rouge ne me prendra plus jamais au dépourvu.

Le front de Wulfgar se plissa.

— Je ne suis pas inquiet que tu doives faire attention. Je me demande si eux ne feraient pas bien de faire attention.

— Nous le découvrirons à ce moment.

Je lui fis un sourire de toutes mes dents. J'avais des comptes à régler avec la Meute Rouge. Wulfgar et les autres le savaient. Mais les Rouges souhaitaient notre participation et Samuel me faisait davantage confiance pour avoir la tête sur les épaules parmi tant de potentiels ennemis, donc j'irai. Nous ne pouvions qu'espérer que mon propre contrôle ne se romprait pas. La bête aimait tellement la vengeance.

Nous atteignîmes la fosse. D'un geste, Samuel nous ordonna tous de nous tenir en arrière. Lui seul alla jeter un œil à l'homme.

Je bougeai aussi près que je pouvais sans désobéir à l'ordre de mon Alpha. Si la rencontre le contrariait et que la bête de Samuel se libérait, je serais assez proche pour faire quelque chose. Même mourir.

— Maddox. Je suis Samuel, autrefois nommé Sigmund. Parle.

— Alpha.

Le ton du prisonnier était, au moins, respectueux.

— Le fils de Bodolf, Ragnvald, t'envoie ses salutations.

— Cela fait longtemps que je n'ai pas entendu ce nom. Je me demande maintenant pourquoi je l'entends à nouveau.

— Ragnvald t'a cherché ces dernières décennies. Il sait que tu as quitté la meute de son père Bodolf et rompu le lien avec l'Alpha. Il veut faire la paix.

— En t'envoyant pour pénétrer sur nos terres illégalement ?

— Je suis un Berserker. Je n'ai peur de personne.

— Peut-être que tu devrais, Maddox du clan de Ragnvald. Dis-moi, d'où viens-tu ?

— Ériu, dit Maddox en nommant une île à l'est de nous. J'ai été maudit par une sorcière pour porter la rage des Berserkers. Je suis venu pour combattre au nom d'un roi et Ragnvald m'a trouvé. Il m'a appris à dresser ma bête.

— Et qu'en est-il de Ragnvald à présent ? Est-ce qu'il contrôle sa bête, ou est-ce la bête qui le contrôle ?

Le silence de Maddox nous donna la réponse.

— Il y a combien de temps que Ragnvald a perdu le contrôle ?

La voix de Samuel était étonnamment gentille.

— Trois lunes. Ragnvald a, depuis, repris l'avantage, mais…

— Mais le perdra à nouveau. Ce n'est qu'une question de temps. Son père a succombé à la rage.

— Ragnvald l'a tué.

— Je me suis demandé ce qui était arrivé à Bodolf. Maintenant… dit Samuel d'un ton qui se durcit. Tu viens à moi, tu me supplies de sauver Ragnvald ? Sachant à quel point c'est dangereux pour un Alpha d'en défier un autre ? Pensais-tu vraiment que je risquerais ma vie et la santé mentale de ma meute pour un guerrier que j'ai délaissé il y a longtemps ?

— J'espérais que tu te souviendrais de lui comme un frère.

— Non, dit Samuel et tendit le bras, me faisant signe d'approcher. J'y allai et me tins près de mon Alpha, faisant froncer les sourcils du prisonnier.

— Daegan est mon frère. Ragnvald et moi étions rivaux, au mieux. Je suis surpris qu'il ne te l'ait pas dit.

— Il l'a fait.

Maddox se tenait le dos droit, les épaules tatouées droites comme s'il allait entrer dans un combat plutôt que comme un homme levant les yeux vers ses ravisseurs depuis le fond d'une fosse.

— J'espérais que les siècles t'auraient adouci.

— Je suis un Berserker. Nous ne nous affaiblissons pas.

— La bête rend faible le plus fort d'entre nous. Je l'ai vu. Un grand guerrier, meneur, ami… à présent esclave comme un chien. Je le garde enchaîné dans une grotte, à l'écart de la meute. Si l'un d'eux venait à s'éloigner ou s'il se libérait et venait pour nous, un lien avec son esprit serait assez pour tous nous faire tomber dans la folie.

De la douleur brute passa lentement sur le visage de Maddox.

Je n'avais pas à entendre les pensées de Samuel pour savoir ce que mon Alpha voulait faire. Sauver Ragnvald le satisferait, juste parce que le guerrier lui serait redevable. Au-delà de ça, cela faisait plaisir à Samuel de préserver un lien avec son passé. Et il y avait une part de lui qui voulait sauver la vie d'un homme, juste pour la sauver.

Je sentis Samuel se durcir au plaidoyer de Maddox. À ce moment, mon Alpha prouva pourquoi il était un réel chef.

— Je suis désolé, dit Samuel. Tu as fait quelque chose de beau pour ton frère d'armes.

— Mais tu n'aideras pas.

— Je peux pas. Si tu vis assez longtemps pour survivre à Ragnvald et devenir Alpha, tu comprendras. Je ne risquerai pas un grand nombre pour un seul.

Samuel et moi nous détournâmes tous les deux de la fosse.

Maddox nous rappela, sa voix se fissurant.

— Nous avons un loup dans notre meute, capable de lire les runes. Il nous a dit qu'il existait une femme pour nous.

Je m'arrêtai dans mon élan et Samuel agrippa mon épaule pour m'empêcher d'y retourner pour demander à Maddox d'en dire plus.

— *Est-ce que Brenna pourrait être la compagne d'autres loups ?*

— *Non. Ce n'est pas possible. Nous ne le permettrons pas.*

— Je sais que vous avez un secret, dit Maddox. Je l'ai senti sur vous.

L'agacement se changea en peur à l'intérieur de moi.

— *Contrôle-toi,* m'ordonna Samuel. *Il ne sait pas ce qu'elle est pour nous.*

D'un signe de la main, Samuel nous ordonna tous de nous éloigner de la fosse. Maddox continua de hurler.

— Je sais qu'elle n'est pas seulement une pute que vous

avez ramassée dans un village. Ragnvald a rêvé d'elle… notre volva. Vous devez me laisser lui parler !

Samuel se retourna avant que je puisse l'arrêter et courra en arrière pour chanceler au bord de la fosse.

— La seule chose que je dois faire, c'est décider si je couvre ou non la fosse avec une pierre. La pluie sera miséricorde, jusqu'à ce que la faim te mange vivant. Sois silencieux, ou j'ordonnerai à la meute de couvrir cette fosse d'un rocher et tu ne verras plus jamais le soleil.

Je sentis la rage de l'Alpha se développer, la tare se propageant, faisant taire le loup, avalant son humanité jusqu'à ce que la seule chose qui reste soit la bête…

— *Samuel.*

Je m'étranglai.

— *Donne-moi ta rage.*

L'Alpha rugit.

Je me transformai et courus, courus et courus. L'explosion de pouvoir de Samuel me submergea et laissa mon loup se changer de lui-même, les ongles s'allongeant, le corps se modifiant. Je n'étais ni homme ni loup, mais quelque chose d'autre.

— Qui est la bête ? nous avait demandé une fois Yseult. L'homme ou le loup ?

— Aucun des deux, avais-je répondu.

— Les deux, avait dit en même temps Samuel. La concentration du loup et la cruauté de l'homme.

— Qu'advient-il d'une telle union ?

— Ragnarok, avait répondu Samuel. La fin des mondes.

— *La fin de mon monde*, pensai-je, avant que la bête ne revendique mon esprit.

CHAPITRE 6

*J*e me réveillai au milieu d'un cercle de destruction. De jeunes arbres et arbustes furent arrachés du sol, et la terre fut lacérée là où de grandes griffes l'avaient déchirée. Mes mains portaient des coupures bordées de sang séché. La magie me guérissait rapidement, mais j'avais tout de même mal.

À côté de moi était étendue la carcasse d'un cerf, une créature puissante avec une géante ramure de bois. Une centaine de lances aurait été nécessaire pour l'abattre. La tête était posée à plusieurs mètres du corps. Ses entrailles répandues en un horrible festin pour les corbeaux.

Je me levai, étirant des muscles endoloris. L'élan n'était pas la seule victime. Des carcasses d'animaux recouvraient le sol, tels des détritus. Des rongeurs, des moineaux, même des scarabées, rien n'avait survécu au maelström de la rage des Berserkers. La terre puait la magie corrompue.

Au moins, j'étais vivant. Samuel m'avait parlé une fois d'un Berserker qui, après une grande bataille, s'était arraché le cœur d'une griffe. D'autres coupaient leur chair de couteaux. Qu'avais-je fait d'autre ?

Je ne pouvais apercevoir la montagne. J'avais couru sur des kilomètres. Heureusement, je pouvais facilement retracer le trajet de la bête.

Je me dirigeai vers la maison, mais mes pas vacillèrent. Quand la bête prenait le dessus, elle prenait notre vue, notre vision, notre santé mentale. Notre femme n'y survivrait jamais. Notre seul espoir était de rester à l'écart. Ce serait mieux si je n'y retournais jamais.

— *Ne pense pas à ce genre de chose,* ordonna Samuel. *Rentre à la maison. Tu lui manques.*

J'obéis. Je ne savais pas comment Samuel pouvait être si calme. Pour lui, Brenna était le dernier espoir d'un mourant.

Et son contrôle devait être parfait.

À la tombée du jour, je claudiquai vers le haut de la montagne. Samuel me rencontra à l'embrasure de la grotte.

— Combien de temps suis-je parti ?

— Trois jours. Je suis désolé, dit-il, avant de s'éloigner en marchant à grandes enjambées.

Il passerait un jour à l'écart de la montagne, en partie en pénitence et en partie pour s'éloigner de la rage mijotant en dessous de mon contrôle.

Je trouvai Brenna dans une chambre que nous lui avions donnée. Il y a longtemps, quiconque avait sculpté les pièces dans la roche, avait astucieusement trouvé une façon de laisser l'air et la lumière pénétrer depuis l'extérieur. La petite chambre de Brenna avait un bout de lumière du soleil de la fin de matinée jusqu'à l'après-midi. Le lieu restait plus chaud que les autres, excepté la grotte des sources chaudes.

Mes pas étaient silencieux sur le sol de pierre. Notre bien-aimée était à genoux sur un bout de terre que nous avions rassemblé pour elle, s'occupant de son jardin. Je n'aurais jamais pensé que des fleurs auraient poussé à l'intérieur d'une grotte, mais Brenna devait probablement les cajoler depuis la graine.

— Bonjour, fille.

Elle sursauta à ma voix et à nouveau quand elle me vit. Je devais paraître plus hirsute que je ne le pensais, car elle vint à mes côtés et jeta mon bras autour de ses épaules pour me conduire à la pièce des bains. Là, elle lava ses mains avant de saisir les miennes et me mener dans le bassin.

Je n'avais pas réalisé combien ma tête martelait jusqu'au moment où ses doigts me caressèrent les cheveux. Je gardai les yeux fermés alors qu'elle savonnait un linge et frottait mes muscles fatigués. Quand elle offrit de me rincer, j'obéis et sortis de l'eau me sentant comme un nouvel homme.

— Brenna.

Je voulais la toucher, mais je ne pensais pas la mériter. Je tendis ma main vers elle, me demandant comment je pouvais bien lui expliquer tout ça et ce que Samuel lui avait raconté.

Elle fit un pas vers moi, puis un autre. Je réalisai que cela n'avait pas d'importance. Même si nous essayions de garder le secret, elle savait d'une manière ou d'une autre. Ses mains saisirent les miennes.

Mon contrôle se cassa net. Je l'attirai dans mes bras et elle me laissa faire, son corps léger et souple. Ses doigts dansèrent sur ma mâchoire, me rappelant d'être doux. Mes propres doigts empoignèrent ses cheveux, repoussant sa tête en arrière pour un baiser. Je réclamai sa bouche jusqu'à ce que ses joues soient écorchées à vif par ma barbe de trois jours.

La soulevant, je marchai à grands pas vers nos quartiers. Quand la rage des Berserkers m'avait pris, je m'étais trouvé sur le sol froid de la forêt. Je la voulais dans la douceur des fourrures. Les plaisirs simples me rappelaient mon humanité.

Dans ses bras je me rappelais de qui j'étais. Je me rappelais qui je pouvais encore être.

À l'intérieur de nos chambres, j'installai Brenna et la

remis sur l'estrade. Elle s'étendit de bon cœur et ouvrit ses jambes.

La robe de chambre de Brenna était mouillée. Alors que je la déshabillais, le tissu se déchira dans ma hâte.

— Désolée, fille. Jt'en achèterai une autre. Jt'en achèterai cent autres, pour que nous en ayons encore quand je les arracherai.

J'inclinai ma tête vers ses seins. Le corps de notre bien-aimée s'arqua et ondula sous ma bouche avide. Son souffle se fit plus rauque alors que je m'appliquais plus bas, trouvant ses endroits les plus secrets et les explorant de ma langue. Ses légers halètements remplirent la chambre.

— Tu m'as manqué, Brenna.

Un baiser à sa cheville et je mordillai sa peau sur mon retour vers son centre. Brenna était posée flasque, déjà repue d'un orgasme.

— J'ai besoin de toi. Je veux ton odeur sur tout mon corps.

Je frottai mon visage dans ses plis secrets, la retenant en bas par ses hanches alors qu'elle luttait pour s'échapper.

— En sentant mon odeur, la meute saurait que je suis tien.

Le corps de Brenna se secoua sous moi alors que le plaisir roula sur elle. Elle se tortillait encore quand je la tournai de l'autre côté et poussai ma bite en elle.

— J'en ai jamais assez. Jamais, jamais.

Je grognai alors que je frappai d'avant en arrière en elle. Elle était mouillée et prête, son liquide chaud coulant en rivières sur ma queue. Je me retirai et fis une pause avant de m'écraser en elle. Son corps glissa en avant dans les four-rures. Je le fis trois fois de plus avant qu'elle lutte pour se mettre à quatre pattes. Les mains en poings dans les peaux, elle poussa en arrière contre moi. Nous travaillâmes en rythme. Nos hanches claquèrent ensemble et je sentis mes boules se serrer au bruit.

— Tu vas prendre tout c'que j'te donne.

Enfonçant mon corps en avant, je la forçai à s'aplatir sur les fourrures. Elle s'immobilisa quand ma bouche trouva l'endroit sensible entre son cou et son épaule.

— *Marque-la.*

Mon loup grogna.

— *Revendique-la. Notre compagne.*

La douleur de combattre le désir de la mordre jaillit dans ma tête.

Brenna se recroquevilla en dessous de moi, sa tête se courba vers l'avant en signe d'abandon. Ma bouche saliva à sa vue, la chute de ses cheveux noirs, la pente onctueuse de son épaule.

— Nah, aboyai-je et me tordis violemment pour me mettre debout. Brenna regarda en arrière, inquiète.

Je sentis la présence de Samuel dans mon dos.

— L'as-tu sous contrôle ?

Jurant, je me levai. Ma bite était douloureusement dure. Je préférerais faire un trou béant dans ma poitrine que de me nier l'évidence.

— Va, dit Samuel. Remets la bête sous contrôle.

— C'est pas la bête, soufflai-je. Le loup veut la marquer.

Je réalisai que nous parlions tout haut et je couvris ma bouche de ma main.

Que se passait-il ? Sa présence restaurait et prenait tout notre contrôle en même temps. Serait-ce sûr de s'allonger à nouveau avec elle ?

Brenna nous regardait, nue, excepté la chute de ses longs cheveux noirs. Elle se leva et marcha lentement vers nous.

— Nah.

Je levai la main pour l'arrêter. L'ignorant, elle se pressa contre mon corps. Cette fois, sa bouche toucha la mienne, puis s'attela le long de mon cou et de ma poitrine. Je serrai les poings alors que le désir se répandait en moi. Ses dents écorchèrent ma clavicule. J'aspirai. Plus que tout, je voulais qu'elle me morde, pour me revendiquer. Une morsure d'accouplement d'une humaine. Qu'est-ce que ça voulait dire ?

Elle embrassa mon corps, se mettant à genou. Quand elle se blottit contre la crevasse entre ma bite et mes jambes, mes doigts se serrèrent dans ses cheveux épais.

Samuel commença à s'avancer et je grognai sans enlever mes yeux de Brenna. Elle s'agenouilla devant moi, sa tête bascula en arrière exposant la gorge, rien de plus que du désir dans ses yeux.

Mes doigts se desserrèrent dans ses cheveux, juste assez pour qu'elle se penche en avant et qu'elle capture ma bite dans sa bouche. Je gardai une main sur sa tête, mais elle bougea librement, léchant mon manche de haut en bas avant de l'avaler.

Mes genoux cédèrent presque. Je tirai en arrière la tête de Brenna et utilisai ses cheveux pour la mettre sur ses pieds. Samuel fit un pas pour approcher, maintenant notre bien-aimée alors que je la soulevais dans mes bras et l'installais sur ma queue. Ses bras s'enchevêtrèrent autour de mes épaules alors que je bougeais ses hanches de haut en bas, forçant mon manche profondément en elle. Samuel s'appuya plus près. Ses yeux rencontrèrent les miens.

— *T'peux prendre son cul.*

Samuel acquiesça.

— *Maintenant, mon frère.*

Je sus la seconde à laquelle son doigt glissa dans le canal serré du derrière de notre bien-aimée. Entre ma bite et l'intrusion dans son trou vierge, elle rua sauvagement. Ses ongles griffèrent mon dos alors que son orgasme la revendiqua.

Je vins en rugissant. Je finis sur mes genoux, le corps de Brenna frémissant encore alors que je la berçai.

Samuel se tenait prêt, essuyant sa main sur un chiffon en arborant un sourire satisfait.

* * *

LES JOURS ET NUITS SUIVANTS, je baisai et dormis, me réveillai dans les bras de Brenna et fis tout à nouveau. Samuel nous apporta de la nourriture et nous surveilla, mais ne prit pas son propre plaisir. Il n'y avait aucun danger pour lui de perdre le contrôle dans les affres de la passion, mais c'était sa forme de pénitence.

Quant à moi, je trouvai mon absolution dans les bras de Brenna. Quand je quittai la grotte une nuit, je ressentis de la paix là où avait été la rage.

La lune brillait haute dans le ciel alors que je quittai nos chambres et notre bien-aimée endormie dans les fourrures.

Je trouvai Samuel près de la fosse du prisonnier. Sur ses ordres, la meute avait arrosé le feu de camp. L'Alpha était accroupi proche des restes calcinés. Il se leva quand il me vit et indiqua que nous devrions rester éloignés de la fosse. Si Maddox nous entendit, il ne hurla ou ne supplia pas notre clémence. Je me demandai si quelqu'un s'était préoccupé de le nourrir.

En silence, Samuel et moi escaladâmes la montagne jusqu'à ce que nous voyions la vallée baignée d'une lumière argentée. L'Alpha congédia le guetteur et attendit jusqu'à ce que le guerrier trotte hors de portée de voix avant de prendre place au sommet de la pierre de guet. Je m'appuyai contre.

Samuel rompit le silence en premier.

— Te souviens-tu du jour où la sorcière nous a dit qu'il y avait une femme pour nous ?

— Ouep.

Je laissai ma tête tomber en arrière sur la pierre. Samuel avait été à peine humain, son contrôle usait le fin fil. Incapable de se transformer en loup sur un coup de tête, un fait que j'avais caché au reste de notre meute. Une autre lune et j'aurais incité Samuel à aller dans la fosse, emprisonnant la menace, tout comme Maddox l'avait fait quand il avait enchaîné son Alpha.

— Yseult était si suffisante. Je peux à peine croire qu'elle eut dit la vérité.

— Et puis tu t'es souvenu du village où t'étais passé. D'une femme aux cheveux noirs, grande et charmante, qui portait une écharpe autour de son cou.

Je reculai de la pierre pour regarder Samuel.

— T'm'as dit que tu l'avais suivi ce soir-là. Elle est allée dans la forêt, où elle s'est déshabillée et s'est baignée en secret. Et là, t'as vu ses cicatrices.

— Elle était fascinante. Sans peur. Je l'ai presque prise là.

— Je me souviens m'être moqué d'toi et t'avoir demandé pourquoi tu t'étais arrêté.

Il y avait assez de clair de lune pour révéler le sourire jouant sur la bouche de Samuel.

— Tu m'as demandé si j'avais fait vœu de célibat.

— T'étais un moine.

— Plus maintenant. Je sais pas si j'ai totalement expliqué pourquoi je l'ai laissé à ce moment, mais j'ai su instantanément que c'était la femme dont les runes parlaient. Quand j'ai vu Brenna pour la première fois...

Il fit une pause et j'attendis.

— Je ne pouvais pas détourner le regard d'elle, chuchota-t-il. Je ne savais pas qui elle était, ou si elle était faite pour nous, mais j'ai senti quelque chose. Une connexion, un besoin de vénération. Je n'avais jamais vraiment adoré jusqu'à ce moment.

— Pourquoi tu me racontes cela ? demandai-je même si je pouvais deviner.

— Penses-tu que nous avons mal choisi ? Peut-être que les runes…

— Non. Les dieux nous font une blague, de nous donner une femme qu'nous pouvons pas avoir.

Je gravis la pierre à côté de Samuel, ainsi le monde éclairé par la lune était posé à mes pieds comme les siens.

— Je ne la laisse pas tomber. Nous trouverons un moyen de la garder. Nous le devons.

Samuel soupira et hocha la tête.

Nous restâmes là un long moment, attendant le premier faisceau de lumière rouge à la frontière du monde. Quand il vint, je clignai des yeux tel un homme qui se réveille pour la première fois.

— Nous devons y retourner. Elle ne devrait pas se réveiller seule.

Samuel ouvrit le chemin, mais avant d'arriver en vue du feu de camp de la meute, il s'arrêta.

— Quand ma bête prendra le dessus, mène notre femme à ses sœurs. Donne à la plus vieille tout l'argent que nous avons et dis-leur d'emmener Brenna loin, très loin, à un endroit où nous ne pourrons pas la suivre.

Je sentis un frisson glacial. Il n'avait pas dit « si », mais « quand ».

— Samuel…

— Promets-moi, mon frère.

— Tu sais pas…

— *Promets-moi*, grogna Samuel dans mon esprit.

Je fléchis la tête.

— Je promets, dis-je finalement. J'aiderai Brenna à s'échapper. Mais je chercherai notre réelle bien-aimée. Et je la trouverai et la ramènerai ici. Et elle nous offrira la paix.

Samuel acquiesça.

— Très bien.

C'était un bon rêve auquel s'accrocher, même s'il ne se réalisera sûrement pas.

— J'ai décidé quoi faire du prisonnier.

Son expression me dit qu'il regrettait ce qu'il allait me dire.

— C'est la seule solution, dis-je. Nous pouvons pas prendre le risque qu'il ramène le récit de Brenna à son Alpha.

— Ce sera lent. La pluie le gardera en vie pour un temps. Mais il n'a pas eu de chair à manger depuis des jours, à part la sienne.

— Nous pouvons essayer de le transpercer, comme Siebold l'a fait. Peut-être que je viserai mieux. Ou nous pouvons attendre jusqu'à ce qu'il soit faible, puis le retirer et le tuer.

— Non, dit Samuel. Laisse-le mourir.

Quand l'Alpha disparut dans la grotte, je m'attardai à donner les nouvelles à la meute. Je donnai les directives de laisser le prisonnier succomber à la faim. Fergus intervint.

— Puis-je regarder ?

— Non. Samuel souhaite donner sa dignité au loup. Mets des gardes autour du périmètre, mais dis-leur de garder leurs distances.

Je n'ajoutai pas ma désapprobation à cette courtoisie.

— Combien de temps ? demanda Wulfgar.

— Jusqu'à la pleine lune suivant la prochaine.

La force des Berserkers garderait Maddox en vie plus longtemps qu'un homme.

— D'ici le rassemblement de la Chose, il devrait être affamé.

— Nous pourrions remplir le trou de terre, le laisser comme sa tombe, dit Fergus. N'est-ce pas chanceux que nous ayons eu une fosse assez profonde pour contenir un Berserker ?

— Pas de la chance.

Wulfgar renâcla.

— Nous avons creusé ce trou aussitôt que nous avons revendiqué cette montagne.

— Pour les intrus ? demanda Fergus.

— Non, parlai-je franchement. Nous l'avons construit pour contenir Samuel.

CHAPITRE 7

*L*e temps parut accélérer à l'approche de la pleine lune. Comme promis, je partis faire un raid avec quelques guerriers et retournai avec trois malles de belles choses pour Brenna. En complément de son torque en argent, je mis un pendentif en rubis autour de son cou et des bracelets d'argent autour de ses poignets. Elle pouvait à peine bouger sans que le métal résonne de son tintement. Elle préférait les robes aux bijoux. Samuel et moi l'aimions plutôt nue, à part pour son torque.

Alors que la lune gonflait dans le ciel, l'ardeur de Brenna semblait augmenter pour valoir la nôtre. Le prisonnier dans la fosse, le combat de Samuel avec la bête et même le reste de la meute disparurent face à notre luxure.

Même Samuel montra de la réticence à quitter nos quartiers, alors qu'il avait été catégorique que nous devions continuer à amener Brenna devant la meute, pour la former à être notre compagne. Si elle devait rester avec nous sur le long terme, elle devait s'habituer à être parmi les loups et eux à elle.

Un jour, je revins de la chasse et entrai dans la chambre

sous ma forme de loup. Samuel se leva de l'estrade, où il était en train de lire l'un de ses précieux livres à notre bien-aimée.

Je commençai escalader à leurs côtés, quand Brenna fit un signe de la main, plissant son nez.

— Tu pues, expliqua Samuel.

M'asseyant sur mes cuissots, je leur donnai un regard affligé à tous les deux.

— Elle va bouder toute la journée si je te laisse venir là-haut. Ou pire, nous renvoyer et s'user à nettoyer les peaux. Jamais connu une femme si obsédée par la propreté.

Brenna croisa les bras sur sa poitrine et fronça les sourcils en nous regardant tous les deux.

Samuel sourit, s'amusant. Secrètement, nous étions contents que notre femme se soit habituée à notre forme de loup. La première fois qu'elle nous avait vus prendre la forme du loup, elle avait essayé de bondir de la montagne.

Ma langue tombant en dehors de ma gueule, je mis ma patte sur le lit et fit mon meilleur sourire de toutou.

Brenna descendit de l'estrade pour me chasser. Tenant une main contre son nez, elle pointa la porte de l'autre.

— C'est ça, petit amour, gloussa Samuel alors qu'il retournait à son livre. Ne le laisse pas revenir avant de l'avoir bien frotté.

Je montrai une féroce collection de dents avant de suivre Brenna hors de la pièce.

Elle m'emmena à la grotte des bains, rassemblant ses robes quand je cherchai joyeusement à mordre ses chevilles. Comme toujours, elle resta digne et gracieuse, disposant le savon et un linge pour le bain à côté d'un autre peignoir pour me sécher le corps. Je gambadai dans l'eau, prétendant l'ignorer. Elle s'assit près du bord du bassin, m'attendant.

Quand je nageai plus proche d'elle et aboyai pour l'inviter, elle secoua la tête. Je ne lui en voulus pas. Elle préférait laver un homme qu'un animal géant à fourrure qui essayait de lécher son visage et manger le savon.

Ça ne voulait pas dire que je ne m'amuserais pas un peu.

J'attendis jusqu'à ce qu'elle ne me regarde pas, puis je bondis du bassin. Brenna mit ses mains comme piètre défense alors que j'agitais l'eau tout autour d'elle.

Elle retint un sourire alors qu'elle m'agitait ses doigts d'une colère moqueuse. Avant que je puisse me transformer en homme et la porter dans l'eau, elle se mit sur ses pieds et s'enfuit.

Toujours prêt pour une bonne poursuite, je lui courus après dans le couloir. Elle jeta un coup d'œil en arrière, de l'hilarité pure sur son visage et courut droit dans les bras de Siebold.

Elle fit immédiatement un mouvement brusque en arrière, mais le guerrier blond la tenait déjà bien fermement. Je me précipitai, grondant, et Siebold la libéra pour me faire face. Son arme se balança.

— *Arrête-toi, loup, ou je vais t'étriper.*

La tête de Siebold fit un mouvement brusque sur le côté quand Brenna lui donna un coup de poing. Il la fixa de façon incrédule et elle le fixa en retour, tombant presque quand je la poussai sur le côté. Mon loup grogna alors que je sentais mon instinct bouillonner. Si j'étais sous ma forme humaine, je la préviendrais de regarder en bas ou ailleurs. Le défi brillait clairement dans ses yeux et Siebold, brute qu'il était, fit un pas en avant pour l'accueillir.

— *Samuel*, appelai-je, désespéré.

— Siebold, rugit l'Alpha et la tête de tout le monde s'inclina pour éviter sa rage.

Siebold recula doucement vers l'embrasure de la grotte.

— Elle a croisé mon regard, grogna Siebold. Elle doit être punie.

Je poussai Brenna vers la chambre sous ma forme de loup.

Elle enfouit ses mains dans ma peau humide pour se retenir de tomber. Nous laissâmes l'Alpha traiter avec le guerrier.

Aussitôt que nous entrâmes dans la chambre, je me changeai.

— Brenna, qu'est-ce que tu pensais faire ? Attaquer un guerrier dans la fleur de l'âge ?

La peur me mettait en colère. La vision d'elle frappant Siebold, un guerrier d'une tête plus grand et plus large qu'elle, me rendait fou d'inquiétude.

— Tu connais les règles de la meute… tu ne peux pas combattre pour la domination. Tu vois un guerrier, t'rentres ta queue et tu cours. Reste derrière moi.

J'avançai vers elle et elle recula vers l'estrade.

— Pire, t'sais que Samuel est proche de la rupture. Maintenant, il doit calmer la pire brute de la meute. Il va demander que tu sois punie, Brenna. Et nous devrons le faire ou risquer de libérer la bête.

Tendant la main, j'agrippai son cou, arrêtant sa retraite. Juste la toucher me calma. Je mis gentiment un pouce sur sa joue.

— Je sais que Siebold est une brute. Mais rien de bon ne ressortirait de l'attaquer. Et je peux faire attention à moi. Tu peux me faire confiance pour te défendre.

Elle acquiesça et je la libérai.

Je joignis Samuel.

— *Quels sont les dégâts ?*

Un lourd silence de la part de l'Alpha. Qu'importe ce qu'il se passait avec Siebold, cela nécessitait toute son attention.

Cela ne fit que me mettre les nerfs à vif.

Brenna posa une main sur ma poitrine dénudée, de l'inquiétude traversa son visage.

— Tu as enfreint les règles, Brenna. J'ai peur que tu doives être punie.

À l'acceptation silencieuse sur son visage, ma colère se

brisa et s'en alla. Je voulais la fesser et la punir, mais maintenant n'était pas le moment. Elle avait besoin de se sentir en sécurité.

Je l'attirai dans mes bras.

— Je suis désolée, fille. Je garderai mon sang-froid. Je m'inquiète pour Samuel, t'sais ?

Elle hocha la tête.

— Stupide brute. Siebold a besoin d'une bonne raclée. Je serais content de te voir le frapper, si cela n'impliquait pas du danger. Ça ira. Samuel va s'occuper de lui et nous te donnerons la fessée et c'sra fini.

Elle se détendit contre ma poitrine et je me sentis reconnaissant qu'elle ne soit pas effrayée de notre punition. En effet, d'après l'odeur de sa chaleur après avoir rougi son derrière la dernière fois, elle avait plutôt apprécié. Et nous nous étions toujours assurés que cela se finisse bien pour elle.

Je soupirai.

— Je m'excuse de t'avoir crié dessus. Quelle journée.

Elle me pressa plus fort et je jouai avec ses cheveux, me souvenant d'avoir jeté de l'eau sur tout son être.

— Nous nous sommes amusés, n'est-ce pas ?

Elle cacha un sourire contre mon torse.

Je joignis Samuel et n'entendis rien. Probablement un mauvais signe.

Quand je baissai le regard, Brenna m'étudiait.

— As-tu faim ?

Elle secoua la tête. S'éloignant de moi, elle retira sa robe, puis alla vers l'estrade et s'agenouilla avec son cul pointant vers moi.

Ma bite se durcit. J'allai vers elle et posai une main sur son dos.

— Tu veux ça ? Tu veux qu'je te fesse ?

Elle haussa les épaules puis, les yeux baissés, acquiesça.

— Tu regrettes ce que tu as fait au pauvre Siebold ? taquinai-je et eut un regard dégoûté.

Je gloussai.

— Je plaisante, mais ce n'est pas drôle. Siebold est une méchante bête. Il voudra un châtiment. Donc cela dépend de moi de le faire sur ton cul.

Baissant son avant dans les fourrures, Brenna ondula son derrière devant moi. Je lui donnai une gifle tranchante.

— Aimes-tu tellement ta punition que tu la demandes ?

Mes doigts cherchèrent ses plis et glissèrent contre les endroits qui lui donnaient le plus de plaisir. J'attendis jusqu'à ce que son corps s'ébranle, baisant mes doigts avant que je ne les retire et la fesse encore.

— C'est ça, fille, t'as besoin d'une main ferme pour te calmer et puis te donner du plaisir.

Je continuai, alternant la fessée et le toucher, appréciant les petites secousses de sa chair onctueuse quand je la fessai et les petits cris d'exclamation et halètements quand je la caressai.

— T'aimes ça, Brenna ?

Elle enfonça son visage dans les fourrures. J'arrêtai et tirai sa tête en arrière par les cheveux. Elle était empourprée d'une nuance de rose.

— Lève-toi.

Je tirai ses cheveux jusqu'à ce qu'elle se mette debout devant moi, frémissante d'envie. Je lui fis une petite tape sous le menton.

— Je pense pas que ce soit réellement une punition pour toi, n'est-ce pas ?

Elle secoua la tête, une petite courbe sur ses lèvres.

— Tu veux une fessée, tu dois me supplier pour. Montre-moi que tu veux me satisfaire, petite chose.

Sa main vint à ma bite.

Je hochai la tête, le cœur bondissant de joie, bien que je gardai un visage sombre.

— C'est une bonne fille.

Elle s'agenouilla. Elle joua d'abord avec moi, léchant et embrassant mon manche pendant que ses doigts minces prenaient mes boules entre eux.

Après une minute, j'agrippai ses cheveux d'une poignée et les tirai d'un coup sec pour qu'elle croise mon regard.

— Ce n'est pas le moment pour toi de me taquiner. T'es ma femme. Je vais t'apprendre à faire attention pour être en sécurité.

Les yeux écarquillés, elle ne se recula pas. À la place, elle me laissa piller sa bouche, ma bite glissant d'avant en arrière en des coups énergiques.

Ma main agrippa plus fortement ses cheveux et elle gémit, envoyant de délicieuses vibrations en moi.

— Brenna, m'exclamai-je.

Elle saurait que j'étais fichu. Elle pouvait me mettre à genoux aussi facilement que je pouvais lui ordonner de se mettre sur les siens.

Je me retirai de sa bouche au moment où mon sperme jaillit de ma bite, peignant son visage et sa poitrine de jets. Elle ferma les yeux et pencha sa tête vers le haut, acceptant ma semence.

— Oh, amour. T'as mérité ta fessée et ta récompense.

SAMUEL NOUS TROUVA EMMÊLÉS ENSEMBLE. Je l'avais fessée et l'avais baisée du doigt jusqu'à ce que son cul soit rouge vif et les lèvres de sa chatte soient dodues et mûres des attouchements. Je glissai mon doigt dans son trou du cul avant de la faire jouir. Puis, je liai ses bras derrière elle, me posai sur mon dos et la fis sauter de haut en bas sur ma queue, giflant ses seins jusqu'à ce qu'ils soient roses. Son minou se serrait à chaque gifle espiègle. Avant que Samuel ne rentre, elle avait déjà joui une douzaine de fois et j'avais éjaculé deux fois. Je la berçai dans mes bras alors qu'elle somnolait, embrassant ses seins pour les apaiser du mal que je leur avais causé. Brenna dormait avec un sourire sur son visage.

L'odeur de nos ébats amoureux flottait de manière épaisse dans l'air. Samuel entra et soupira.

— Je vois que tu as trouvé une façon de t'occuper pendant que j'étais parti.

Je tournoyai ma langue autour d'un bout des tétons en forme de cerise de Brenna.

— Ouep. Pensais que c'était mieux de s'occuper d'elle, au cas où Siebold demande une punition et que la meute le soutienne.

Je fis un signe de tête vers le cul rouge de Brenna.

— J'ai peur que ce ne soit pas aussi facile.

Samuel s'assit sur l'estrade, caressant l'une des jambes douces de Brenna en parlant.

— Siebold est furieux. Il veut faire un exemple public.

Je levai la tête.

— Ce n'est pas à lui de décider. Elle est nôtre. Nous la punissons où cela nous chante.

— Si Brenna a fait ce que Siebold déclare, je pense que c'est une bonne idée.

Je grognai. Brenna se réveilla brusquement et je posai une main sur sa joue, la pressant sur ma poitrine jusqu'à ce que ses yeux papillonnent pour se fermer.

— Qu'est-ce qu'il s'est passé dans le couloir ? demanda Samuel. Montre-moi.

J'envoyai l'empreinte de mes souvenirs au travers de notre lien partagé.

Samuel grogna quand il réalisa que Brenna avait challengé le plus grand guerrier.

— J'espérais que Siebold mentait.

— Que faisait Siebold dans notre partie de la grotte ?

— Il est venu pour donner des nouvelles sur la patrouille. Il a entendu des éclaboussures et a pensé que j'étais là.

Je soufflai mon incrédulité.

— Il rôdait, essayant de déclencher une dispute.

— Même si c'était vrai, Brenna a envenimé les choses par ses actions.

— Elle me défendait.

— Ouais et tu peux te défendre toi-même. Si elle avait cédé, tu te serais mis entre elle et Siebold, m'aurais appelé ou te serais transformé pour lui ordonner de partir. Et ça aurait été la fin de l'histoire. À présent, il dit à toute la meute de quelle façon la fille l'a défié.

— Il veut que la meute soit d'accord avec lui et nous forcer la main. Il veut qu'elle soit punie publiquement, comme l'un de la meute.

Je secouai la tête de dégoût face aux actions de la brute.

— Et elle devrait l'être. Si une femme loup s'était comportée comme elle l'a fait, tu l'aurais traînée jusqu'au feu de camp et l'aurais fessée devant tout le monde. Et puis tu aurais continué la leçon en privé.

— Brenna est pas un loup.

— Non, mais nous voulons qu'elle prenne sa place dans la meute. Elle est soit nôtre, soit rien.

Je fis une pause un instant pour écouter mon loup, mais il resta silencieux. Les défis et les combats de rivalité étaient la façon dont un loup trouvait sa place dans la meute. Des punitions formelles étaient la façon dont la meute protégeait les faibles des forts, une façon de limiter les jeux de domination qui pouvaient facilement estropier des loups. Un membre de la meute qui était clairement plus faible, comme Brenna, pouvait se soumettre à une punition publique afin de calmer le besoin d'un spectacle de soumission.

Du moment que la leçon ne faisait pas de dommage durable à notre bien-aimée, le loup ne protesterait pas. La meute elle oui, par contre, si nous ne faisions pas d'elle un exemple pour avoir défié Siebold. Si nous refusions, ils pourraient demander que Siebold soit celui qui la frappe.

Mon loup grogna à cette pensée.

— *Personne ne touche notre compagne à part nous.*

— *Pas notre compagne*, rappelai-je au loup.

Brenna bougea dans mes bras et j'oubliai mon débat. Des yeux limpides soutinrent les miens. J'eus le sentiment qu'elle avait fait semblant de dormir tout ce temps, pour que nous parlions sans retenue.

Faisant basculer son dos, je soutins son regard.

— Sais-tu que ce qu't'as fait à Siebold et pourquoi nous devons en subir les conséquences ?

Elle déglutit et acquiesça.

— J'apprécie que tu essaies de me défendre, fille, mais t'aurais pu être tuée, camper sur tes positions avec un loup tel que lui. T'es uniquement dominant si t'es assez fort pour en faire la démonstration. Si Siebold t'avait eu seule…

Je l'étreignis plus près, frémissant à la pensée de ce que le guerrier sadique ferait pour prouver sa domination.

— Une punition publique pourrait être la meilleure solution.

Samuel se pencha plus près et prit le menton de Brenna.

— Tu seras punie et ce sera fini. La meute verra que tu te soumets à nous et à la structure de la meute. Cela les aidera à t'accepter.

Rougissant, Brenna baissa les yeux.

— Tu vis avec nous, tu vis d'après nos règles. Le plus tôt t'apprends, le plus facile la vie sera.

CHAPITRE 8

*L*e jour de la punition, Brenna se leva avec moi entre ses jambes, taquinant ses plis dodus jusqu'à ce que leur miel enduise mes doigts. Je la lapai, la menant jusqu'au bord du désir sexuel encore et encore, mais ne la laissant jamais le franchir. Le plaisir inondant ses sens rendrait la peine plus facile à supporter.

Samuel entra dans la pièce.

— C'est le moment.

Quand nous sortîmes de la grotte, la meute entière s'était rassemblée pour regarder. Presque quarante loups étaient assis dans la clairière, se prélassant contre les pierres ou se tapissant près du feu. Ceux sous leur forme de guerriers tenaient des armes. Personne ne lâcha notre femme du regard.

— Viens, Brenna, ordonnai-je.

Notre bien-aimée hésita à l'embrasure de la caverne, mais finalement fit un pas dans la clairière avec audace. Elle portait un simple fourreau blanc et son torque en argent. Ses cheveux étaient tressés et ses pieds étaient nus.

Les loups la fixèrent, leurs yeux doré brillant : un regard

de prédateurs sous la lumière du matin. Sa tête commença à dériver vers le haut pour faire face à son audience. Je la repoussai rapidement vers le bas.

— Les yeux.

J'entendis un souffle frustré avant qu'elle obéisse.

Nous avions marché la moitié du chemin au travers de la clairière avant que Siebold nous coupe la route.

— Vois-tu son insolence ? Votre femme est indisciplinée. Elle ne connait pas sa place dans la meute.

Le Viking fit face à Samuel, qui était assis à l'opposé de la clairière sur la grande pierre qu'il utilisait comme trône.

— Un Alpha qui ne peut pas contrôler une femme est faible.

Samuel se leva et s'étira, tournant son cou et craquant ses os. Ses muscles s'actionnèrent dans ses épaules. Il finit par remuer sa crinière dorée vers l'arrière. Il paraissait tout, sauf faible. Il ignora le guerrier hostile. Chaque mot, chaque mouvement, nous les avions élaborés comme un rituel, une danse. Une démonstration du pouvoir de Samuel.

— Est-ce vrai, Daegan ? Est-ce que notre femme a défié Siebold pour le dominer ? Même si elle est plus faible que lui et ne survivrait pas à un combat équitable ?

— Elle l'a regardé dans les yeux, Alpha et l'a frappé.

Je ris un peu dans ma barbe. Siebold ne pouvait être fier d'avoir pris un coup d'un adversaire si minime. Sans surprise, il rougit et claqua ses dents d'un coup sec, montrant son agacement.

— Elle m'a défié. Laisse-la se battre ou se soumettre à une punition formelle.

Samuel fit un signe et Siebold se mit de côté. J'amenai Brenna aux côtés de l'Alpha. Il enroula ses nattes autour de son poignet, la tenant en laisse.

— Pauvre petit amour, la plus faible de la meute.

— Elle connaissait les règles, murmura Siebold. Elle a dépassé les bornes.

— Peut-être. Ou peut-être qu'elle savait qu'on la protégerait.

Samuel fixa le Viking pour qu'il baisse les yeux.

— La défier est nous défier.

— C'est vrai, Siebold, raillai-je. Veux-tu aller dans la fosse et le combattre ?

— Si tu gagnes, tu serais l'Alpha.

Samuel avait planifié ça à l'avance. Si Siebold tentait sa chance pour la domination, il voulait le savoir. Nous le ferions admettre.

Pendant plusieurs secondes tendues, il sembla que Siebold challengerait pour être Alpha. Mais la brute céda.

— Je ne souhaite pas être l'Alpha, ricana-t-il.

Toute la meute pouvait sentir le mensonge dans son odeur.

— Mais les règles sont les règles. Si vous ne pouvez pas contrôler votre femme et la dompter, peut-être que vous devriez me la donner.

Le rugissement de Samuel coupa mon grognement.

— Réfléchis prudemment avant de nous défier pour notre femme. Pour devenir Alpha, tu as juste besoin de me défier moi. Pour la prendre, tu dois nous vaincre tous les deux, Daegan et moi.

— Et moi, ajouta Wulfgar et Fergus fit écho du même sentiment.

Le petit loup n'était pas dominant par rapport à Siebold, mais il disait clairement qu'il se battrait tout de même pour notre femme.

— Couche-toi, Viking, ordonna Wulfgar.

Le regard de Siebold sombra vers le sol et pendant un moment, je pensai que le plan de Samuel avait marché. Nous avions calmé le stupide guerrier. Une rapide punition pour notre femme et tout irait bien.

J'aurais dû faire preuve de bon sens.

— La prochaine fois que nous livrerons de la viande à ses sœurs, je testerai l'une d'elles, dit Siebold alors qu'il s'éclipsait.

La tête de Brenna se leva d'un coup sec et elle vola vers le Viking avant que Samuel ou moi puissions l'arrêter.

— Brenna, dis-je d'une voix fissurée au travers de la clairière, mais il était trop tard. Elle saisit un bâton, une branche d'arbre épaisse posée proche du feu de camp pour l'allumer et partit derrière Siebold.

Le choc le fit s'arrêter et sauva la vie de Brenna. Le grand blond se recroquevilla et grogna, son loup prenant le dessus sur lui.

Ce fut fini en un éclair, mais je n'oublierais jamais l'expression à glacer le sang sur le visage de ma compagne faisant face au large animal doré, avec rien d'autre que sa colère et un bâton.

La main de Wulfgar saisit la peau du cou de Siebold et le traîna en arrière. J'attrapai Brenna et la tirai à mes côtés.

— À genoux, lui ordonnai-je furieusement et la forçai au sol.

Je gardai une main sur sa tête, tel un rappel de baisser son regard. Je ne pus qu'imaginer son expression furieuse, mais elle resta tête baissée, une image de soumission au moins. J'espérai que ce serait assez pour apaiser la meute.

Les guerriers attendaient tous de voir ce que ferait leur Alpha. La désobéissance comme ça ne pouvait être laissée sans contrôle. Les règles étaient en place pour empêcher les Berserkers de se mettre en pièces.

Je jurai dans ma barbe.

— *Tu vois*, gémit Siebold au travers des liens de la meute. *Tu vois, Alpha ?*

— Je vois en effet. Brenna.

Brenna tressaillit sous ma main, mais ne leva pas le regard.

— Tu dois faire confiance à tes compagnons pour te défendre. Tu es la plus faible parmi nous et ne peux pas combattre pour la domination. Tu seras punie devant la meute pour apprendre ta place.

Un léger affaissement de ses épaules me dit qu'elle comprenait. J'étais en conflit entre vouloir la réconforter et vouloir l'installer sur mes genoux et battre son derrière à la vue de tous.

Siebold gémit joyeusement. Wulfgar le tira d'un coup sec comme s'il était un vilain chiot.

— Siebold, s'adressa Samuel au loup doré. Tu ne toucheras pas ses sœurs. Nous avons promis que nous les protégerions.

— Pourquoi pas, Alpha ? demanda un guerrier. Elles sont si jeunes et mûres pour être prises. Pourquoi nous souffrons quand ces femmes pourraient nous aider ?

— Nous pourrions juste en prendre une... la plus vieille, ajouta un autre guerrier. La blonde. Elle sera assez pour nous réchauffer tous durant l'hiver.

Un grognement de Siebold, qui s'était rechangé sous sa forme humaine et rôdait en avant, laissant le feu entre nous.

— Je connais la blonde. Délicieuse pute, elle se lave nue dans le ruisseau de la forêt. S'exhibant devant nous... elle le demande pratiquement.

Cette fois, je notai à quel point Siebold dirigeait ses sarcasmes et gardai une main sur Brenna. Cela n'avait aucune importance. D'un geste rapide, elle se pencha en avant, attrapa le grand bâton et le poussa dans le feu.

Pas juste dans le feu, dans la marmite. Le trépied trembla et la marmite bascula, renversant du bouillon sur le feu crépitant. De la fumée s'éleva alors que la marmite roulait vers un Siebold au regard noir. Le guerrier bondit hors de la trajectoire, mais pas assez vite pour échapper au liquide chaud. Il hurla.

Cette fois, je traînai notre bien-aimée en dehors de la clairière, loin de la meute.

— Es-tu folle, fille ?

Je n'aurais jamais imaginé, en un siècle, que notre femme se serait comportée comme elle l'avait fait. Il semblait que sa délicieuse personnalité de soumise ne dépasse pas les limites de notre chambre.

C'était sérieux. Siebold était assez fou pour se changer et essayer de la détruire. Déjà Wulfgar et Fergus étaient en train de passer entre les guerriers pour se mettre entre le Viking et moi. Les loups étaient agités, se transformant, se demandant s'il y aurait un combat.

Un son roula au travers de la clairière auquel je ne m'attendais pas. Assis sur son trône, Samuel rigolait. Ses gloussements faisaient écho dans la clairière. Wulfgar rit aussi et Siebold se tourna vers le grand guerrier avec fureur.

— Transforme-toi, ordonna Samuel.

Le corps de Siebold se changea d'un coup sec d'homme à bête, forcé d'obéir à l'ordre de l'Alpha. D'humain hurleur à loup qui gémit, facilement réprimé par Wulfgar et quelques autres. Un ou deux autres loups de la meute avaient été pris de court par l'ordre de l'Alpha et se transformèrent sous leur forme d'animal. Ils traînèrent des pieds hors de vue, honteux. Le reste de la meute se calma, mais resta alerte, attendant la parole de l'Alpha.

— Nous ne toucherons pas les sœurs de notre femme. Nous avons promis, dit Samuel. Brenna sera punie devant la meute pour avoir défié Siebold pour la domination. Chaque défi qu'elle donne sera suivi d'une punition. C'est une femelle et en plus une humaine bien plus faible.

Samuel me fit un signe de tête.

— Daegan effectuera la punition pour que vous voyiez tous. Elle est notre compagne et notre responsabilité.

Une ondulation d'énergie courut au travers de la meute au mot « compagne ». Pendant un moment, tout sur la montagne retint son souffle.

— *Oui*, dit mon loup. *Notre compagne.*

Pour une fois, je n'eus pas le cœur de le corriger.

— Un jour portera-t-elle vos chiots ? demanda un des guerriers.

Le visage de Samuel se durcit.

— Non. Mais elle est néanmoins notre compagne.

Il me fit un signe de tête.

— Daegan.

Je grognai dans l'oreille de Brenna alors que je la guidais à travers la clairière.

— C'était très dangereux. J'serais presque fier si j'avais pas à te punir. Mais maintenant j'ai l'intention de chauffer ton derrière. T'l'as mérité.

Je la remis à l'Alpha.

— Vilaine, dit Samuel. À présent, tu vas être punie comme un loup, mise à nu pour que tout le monde voit.

La peur traversa finalement ses traits. Je caressai ses cheveux.

— T'inquiète pas. Ça va faire mal, mais nous ne te blesserons pas vraiment. Nous fais-tu confiance ?

La peur s'éloigna. Elle croisa mon regard avec des yeux marron limpides et acquiesça.

Samuel l'aida à s'agenouiller à ses côtés. Le rituel que nous avions planifié avec soin continuerait. L'Alpha paraissait strict sur son trône, aux commandes, mais sa main était douce en caressant ses cheveux.

Souriant, je courus à grandes enjambées, en faisant un signe de la tête au petit loup roux attendant à l'embrasure de la grotte.

— Fergus, va me chercher le fouet, ordonnai-je.

Il revint et je remarquai qu'il marchait d'une démarche un peu arrogante. Le petit loup avait apprécié regarder Siebold, humilié par une simple humaine.

— Te fais pas d'idée, le prévins-je alors qu'il me présentait le fouet. Autrement, tu seras celui dénudé par le fouet.

J'avais passé les derniers jours à m'entraîner pour cet instant, incluant un après-midi dans un petit bois isolé, exerçant mon bras à flageller, sur le dos de Fergus pris pour cible. Samuel et moi avions planifié chaque moment de ce rituel de discipline.

Fergus avait créé cet outil de punition. Il avait lié des bandes molles de peau de biche sur un manche. Les bandes étaient douces et souples. Manié correctement, il ne gâcherait ou ne marquerait pas la chair de notre femme, même si cela piquait. Je ressentis une pointe enivrante de désir à la pensée du délicieux cul blanc de Brenna, exposé au doux baiser du fouet. Peut-être, si je m'en chargeais bien aujourd'hui, qu'elle me permettrait d'utiliser l'outil en privé.

J'attrapai le matériel, mais Fergus le retint.

— Beta, dit-il d'une voix calme et nerveuse. Tu n'as pas à faire ça. Siebold est simplement en train d'essayer de créer un combat. La meute comprendra.

Il garda son regard prudemment baissé.

— Pas après sa cascade, ils ne le comprendront pas.

Je m'approchai.

— Cela ne la blessera pas. T'm'as aidé à m'en assurer. Vraiment, Fergus. Je ne lui ferai jamais du mal injustifié.

Ma parole rassurante le détendit. Il parut sérieux, à part les lignes d'inquiétude sur son jeune visage.

J'allai d'un pas ferme jusqu'au centre de la meute, mes yeux sur Brenna. De l'excitation bourdonnait sur le lien de la meute. Les loups attendaient, affamés d'impatience.

Je fis un signe de tête et Wulfgar et Fergus, les deux guerriers auxquels nous faisions le plus confiance, franchirent le cercle jusqu'à Brenna pour la lever.

Elle résista, mais l'avertissement de Samuel leur permit de la mettre sur ses pieds et de la guider à une charpente en bois que nous utilisions comme séchoir. Les guerriers attachèrent les bras de Brenna au-dessus de sa tête, utilisant des liens de cuir. Elle était dos à la meute, afin qu'ils puissent voir le fouet frapper son cul et compter chaque coup, du rouge sur du blanc.

À mon signal, Fergus prit ses nattes et les plaça sur son épaule, hors du chemin.

— Ça va aller, entendis-je Fergus murmurer à Brenna.

Wulfgar fronça les sourcils au petit loup rouge, mais avant que Fergus ne pût voir son visage, il sourit. Le géant guerrier avait un petit faible pour les plus petits avec des esprits affûtés.

Wulfgar fit un pas en arrière. Je pris ma place devant la meute. C'était tellement silencieux que je pouvais entendre les mouches voler et les halètements effrayés de la femme attachée.

Ça ne devrait pas m'exciter, mais c'était le cas.

— Brenna du clan des Berserkers, tu es punie pour avoir défié un guerrier. Cette flagellation t'enseignera ta place. Les règles de la meute te permettent de te soumettre de cette façon plutôt que de combattre jusqu'à la mort.

Je priai qu'elle eut entendu ces mots et comprenait la gravité de son infraction. Les Berserkers vivaient et mouraient selon les règles, prudemment élaborées pour garder la bête à distance.

Cela ne dépendait plus que de moi pour compléter le rituel. À part mon expression sombre, je portais une culotte de peau de biche. Ma poitrine était nue. Je dégainai un couteau et fis le tour pour faire face à notre bien-aimée. Je soutins son regard alors que je soulevais la lame. Elle ne détourna pas les yeux, mais resta brave quand je découpais son piètre fourreau. Le vêtement tomba et dénuda son corps parfait aux yeux de chaque homme et chaque loup de la clairière.

Un petit gémissement s'éleva de l'un d'eux et se termina quand Samuel grogna. Aujourd'hui, la meute contemplait notre femme, mais il ne les laisserait pas oublier qu'elle nous appartenait.

Brenna ferma les yeux. Sa peau pure eut la chair de poule, à la fois à cause de l'air froid de la montagne et de son attente inquiète. Je brisai alors le rituel, en me penchant pour l'embrasser.

— Fais-moi confiance, fille, soufflai-je contre sa bouche.

Elle acquiesça. Je saisis la légère odeur de son musc quand je reculai.

Ma propre queue était douloureusement dure alors que je me reculais d'un pas rigide en préparant le fouet. Je le claquai plusieurs fois avant de le poser sur son derrière.

J'entendis un son rude alors qu'elle ravalait un souffle, mais elle se détendit quand elle réalisa que l'impact ne faisait pas mal. Je la fouettai prudemment, peignant son cul et tournant ses fesses vers le rouge. Ces premiers coups servirent à chauffer sa peau et à la préparer pour une longue rossée. Au fil du temps, la piqûre s'élèverait de la peau dénudée, mais pour le moment cela semblerait aussi doux qu'un massage.

Je fis une pause quand sa peau devint rouge. La respiration de Brenna était profonde et régulière. Si je pouvais, j'arrêterais maintenant, pour lui donner du plaisir. Mais la meute attendait sa détresse.

Faisant un mouvement rapide de mon poignet, je fis voler le fouet. Le corps de Brenna fit un mouvement brusque alors que les brins la frappèrent avec plus de force. Une entaille rouge brillant apparut sur sa peau. Ses pieds dansèrent alors qu'elle essayait d'échapper à la douleur.

Plusieurs loups applaudirent. Samuel grogna à nouveau et les fit taire.

Je donnai plusieurs coups légers à Brenna avant de les intensifier. Du rouge bourgeonna sur son derrière et même si je faisais attention à ne pas laisser les bandes s'enrouler sur l'avant de son corps, quelques fois elle se tordit et le fouet mordit ses flancs. C'est ce qui ferait le plus mal, je le savais. Les extrémités des bandes donnaient l'impression d'être des dards d'abeilles.

La flagellation ferait plus mal qu'une fessée, mais les marques disparaitraient le jour suivant. Ce n'était rien comparé à une raclée reçue d'un vrai fouet en corde tressée avec des pierres et des éclats de poterie, capable de décaper la chair d'un homme.

Si je la battais assez longtemps et avec douceur, elle pourrait même s'endormir.

Je m'affirmai dans le rythme, ignorant le sang martelant dans ma tête et ma bite. Je ne sais pas combien de temps je passai à la frapper du fouet. Parfois, je fus lent et doux, alternant avec des coups plus puissants.

Je ne sais pas quand Brenna arrêta de lutter et s'abandonna à la sensation, mais, alors que la rossée continua et s'intensifia, elle ne tressaillit pas. Sa tête chuta de plus en plus bas et son corps entier devint flasque. Le fouet lécha encore et encore sa peau douce et une rougeur se répandit au bas de son dos et sur son cul. Je continuais à la flageller, même alors que le rose profond tourna au rouge.

Dans le brouillard de mon excitation, j'entendis à peine mon Alpha parler.

— Daegan, ça suffit.

Aussitôt que je défis ses poignets, Brenna s'avachit contre moi, se blottissant dans mes bras, cachant son visage dans ma poitrine. La vraie punition n'était pas la flagellation, c'était l'humiliation. Le fait d'être nue et punie devant la meute brisait l'esprit du loup le plus hostile.

C'était nécessaire. Je le lui dirai, encore et encore. Je la porterai jusqu'à notre grotte et utiliserai un onguent pour l'apaiser. Je le baignerai prudemment et ferai partir ses larmes d'un baiser.

Brenna se déplaça dans mes bras et j'entraperçus son visage, la couleur intense de ses joues habituellement pâles. Il y avait quelques taches de larmes, mais pas beaucoup.

Je reniflai l'air et réalisai ce que mon corps et ce que chaque loup avait relevé ; le doux musc enivrant remplissant la clairière, épais dans l'air d'été.

Notre bien-aimée était excitée.

Incrédule, je repoussai un brin de cheveux tombé sur son visage. Ses yeux étaient vitreux, son expression relâchée en soumission. Elle respirait contre moi, son corps se mélangeant au mien, souple. Elle était prête à être prise et baisée, complètement dominée.

Un gémissement affamé se leva des rangs de loups et cette fois, aucun grognement de l'Alpha ne pouvait le réprimer.

— Wulfgar, appela Samuel pour achever le rituel. Est-ce que la meute est satisfaite de la punition ?

— La meute est satisfaite, gronda le guerrier.

— *Daegan, rentre-la à l'intérieur.*

Je tirai Brenna au-delà des loups, fervent de la cacher loin des yeux indiscrets. Derrière moi, Fergus et Wulfgar suivaient de près, protégeant nos flancs des bêtes réduites à l'esclavage. Aussitôt que nous atteignîmes l'entrée de la grotte, je raflai notre bien-aimée dans mes bras. Je la portai, prudent de sa chair rougie.

Dans nos quartiers, j'étendis notre femme pour inspecter son derrière. Les coups avaient chauffé sa chair, mais aucune des bandes n'avait fendu sa peau. Elle gémit sous le contact léger et l'odeur grisante de son excitation remplit l'air. Je vérifiai entre ses jambes.

— Par la lune, t'es si mouillée pour moi.

Je la taquinai gentiment, ravivant les flammes allumées par la douleur de son cul. Elle s'arqua sous ma main, prête pour moi. Mes doigts tambourinèrent plus rapidement entre ses jambes. Mon autre main parvint en dessous d'elle pour trouver un téton et le pincer. Son corps convulsa.

— C'est ça, p'tit amour. Prends ton plaisir.

Je me penchai au-dessus d'elle, la regardant remuer et s'abandonner au mouvement de ma main. À la dernière seconde, je m'accrochai au-dessus d'elle, pressant mon corps contre sa peau sensibilisée. Sa douleur fusionna avec son plaisir, dépassant ses sens et elle me désarçonna presque alors que son orgasme la prenait. Ma bite gonfla douloureusement à l'intérieur de ma culotte de cuir. Je me hissai hors d'elle et verrouillai ma bouche sur le dos de son cou, suçant assez fort pour laisser une marque rouge.

— *Mienne.*

Les dents grandirent dans ma bouche et le loup jappa de joie à la pensée de la marquer.

— *Notre femme. La nôtre.*

Je renversai sèchement ma tête en arrière, m'écartant d'elle, hors de l'estrade, à l'autre bout de la pièce où c'était sûr.

Elle ne survivrait pas à une morsure d'accouplement. La peau tendre d'un humain écrasée sous les mâchoires d'un loup… Comment ça pouvait être de l'amour ?

Les marques rouges que j'avais faites sur sa peau me donnaient seulement envie de la marquer de manière permanente.

Quand je me sentis assez calme pour approcher, j'apportai un peu d'eau à notre bien-aimée, portant la coupe à ses lèvres. Une fois qu'elle eut bu, je m'étendis à côté d'elle, caressant ses joues, embrassant ses lèvres désarmées.

— Daegan, dit Samuel en entrant et je me tins sur le côté à sa demande.

Il s'agenouilla et toucha ses cheveux, attendant jusqu'à ce qu'elle s'excite un peu.

— Reste sur ton ventre, ordonna-t-il et examina les marques sur son derrière.

— Pas de sang, affirmai-je.

— Elle s'est bien comportée, dit Samuel en se reculant.

Je pouvais sentir son excitation, mais comme moi, il se promena autour de la pièce jusqu'à ce qu'il soit sous contrôle.

— J'ai installé un garde à l'entrée de la grotte et envoyé la plupart de la meute en patrouille, à l'écart de la montagne.

— Pas plus mal. Nous pouvons la baiser sans avoir peur d'une interruption.

Je me débarrassai de mon pagne.

— Brenna, appela Samuel, s'asseyant sur un caillou. Viens ici.

Cela lui prit un moment pour faire fonctionner ses membres afin qu'elle puisse marcher depuis le lit, mais elle parvint jusqu'à l'Alpha et se tint entre ses jambes afin qu'il puisse la stabiliser.

— Tu comprends pourquoi tu as été punie ?

Elle acquiesça.

Samuel caressa ses cheveux en arrière.

— C'est nécessaire, petit amour. Chacun de nous a sa place dans la meute. Notre survie même en dépend.

— Tu ne peux pas combattre un loup comme on l'attend d'un opposant. Si tu en défies un autre et ne peux pas mener à bien ce que tu entreprends, les règles décrètent que tu dois être punie. C'est un soulagement que Siebold n'eût pas été autorisé à te punir.

Ses yeux s'élargirent.

Samuel ramassa le fouet, examinant les douces bandes de cuir et le montrant à notre bien-aimée.

— Daegan a fabriqué ça pour toi pour que tu ne sois pas blessée. Tu le remercieras plus tard.

Il jeta le fouet sur le côté et son visage se durcit.

— À genoux, ordonna-t-il, elle se baissa au sol.

Samuel écarta ses jambes et mit son pagne sur le côté. Même assis, l'Alpha paraissait puissant, avec des jambes épaisses et un poitrail musclé.

— T'as bien pris ta punition, petit amour. Et maintenant tu vas montrer à ton Alpha que tu comprends ta place.

Sa main guida sa tête vers sa bite et elle l'aspira.

Samuel continua, caressant ses cheveux.

— La façon de vivre des loups est dure. Nous vivons entre la vie et la mort. En tant qu'Alpha, je protège ma meute. Je mourrais pour elle. Les loups les plus faibles doivent être protégés. Mais je ne peux pas le faire s'ils désobéissent à mes ordres. La plus minime hésitation pourrait faire la différence entre la vie et la mort.

Il ravala un souffle alors que Brenna agitait la tête, glissant plusieurs centimètres de sa queue dans sa bouche avant de la retirer d'un bruit sec. Sa langue lapa paresseusement sur le dessus.

Mes propres boules se serrèrent par compassion.

— Jusqu'au bout maintenant, ordonna l'Alpha et d'une profonde inspiration, Brenna obéit.

— Bonne fille. Prends tout.

Samuel la fit travailler sur ses genoux jusqu'à ce qu'il grogne et se dépense dans sa bouche.

Brenna agita sa tête tranquillement jusqu'à ce que Samuel agrippe ses cheveux et la retire d'un ploc. Il pencha sa tête en arrière pour que ses yeux rencontrent les siens.

— La prochaine fois que tu te mets en danger en attaquant un guerrier comme ça, je demanderai à Daegan de te fouetter avec plus qu'un fouet moelleux. Et plus d'une fois. Tu ne dormiras pas sur ton dos pendant des semaines. Comprends-tu ?

Brenna hocha la tête, les lèvres douces et luisantes.

— Elle est toute à toi, me dit Samuel, l'expression sévère disparaissant.

— Ici, Brenna, ordonnai-je. Rampe pour monter sur l'estrade. À quatre pattes.

Elle se déplaça de manière provocante et gracieuse vers moi et je me vidai presque à cette vision.

Au moment où elle passa près de moi, je pris son menton. Ses yeux étaient à moitié fermés de plaisir. Je touchai sa lèvre et elle lécha mon doigt dans une brume soumise.

— Ça va bien, fille, gloussai-je en l'aidant à monter sur la pierre couverte de peaux. Maintenant, arque ton dos et présente ton délicieux cul à moi.

Elle fit comme ordonné, sa respiration devenant plus rauque avec l'excitation.

Elle s'attendait à une bonne baise ferme et c'est exactement ce qu'elle allait avoir. Je ramassai le pot d'huile et recouvris mes doigts avant de la répandre généreusement sur la crevasse entre ses fesses rougies.

Elle ravala un souffle, se tendant et se retirant. Je giflai le côté de sa hanche.

— Non, cul levé. Les vilaines filles font baiser leur cul fortement.

Le regard joyeux parti, elle lutta et essaya de ramper pour s'échapper. J'agrippai ses hanches et la tirai à nouveau.

Samuel vint s'accroupir devant elle, levant les cheveux de son visage et parlant doucement.

— Tu as été si bonne, chantonna-t-il. Tu sais que nous ne te ferons jamais vraiment de mal, n'est-ce pas ? Mais il est de notre droit de le réclamer.

Il jeta un coup d'œil vers moi et j'acquiesçai, continuant à répandre l'huile sur ma propre bite et l'étalant sur son petit cul.

— Tu as très bien pris le plug. Daegan utilise plein d'huile sur toi et sur lui-même. Il va glisser droit en dedans. Ce sera serré, mais nous ferons en sorte que ce soit bon. Et nous adorerons te prendre là. Tu veux nous satisfaire, n'est-ce pas ?

Sa main glissa sous elle, jouant avec ses seins. Elle arqua un peu plus son dos, poussant contre sa main et me présentant en même temps son délicieux derrière.

Prêt, j'installai ma bite à l'entrée de ses fesses, admirant l'aperçu de ma queue contre ses fesses roses, mouchetées des marques que je lui avais faites.

— J'vais te prendre à présent, Brenna. Et un jour, Samuel et moi te revendiquerons tous les deux.

Agrippant ses fesses, je les tins écartées en poussant à l'intérieur, attendant qu'elle se détende pour avancer petit à petit. Ma propre respiration devint laborieuse au fur et à mesure que sa délicieuse chair avalait ma queue.

— Och, tu es impressionnante.

Je pressai sa hanche et elle frémit, et se serrant autour de mon membre. Je m'exclamai et vis des étoiles. Samuel gloussa à la série d'heureux jurons qui tombèrent de mes lèvres.

— Le moment de ta récompense, dis-je en ralentissant mes poussées.

Me penchant sur son cul rougi, je tendis la main en dessous et jouai avec ses lèvres glissantes, trouvant la petite bosse dure et lui tournant doucement autour.

Brenna se tortilla, mais Samuel et moi la tînmes en servitude, la forçant à prendre du plaisir par ma bite dans son cul. Elle ne lutta pas longtemps. Toutes les piqûres et la chaleur combinées faisaient d'elle une femme très excitée.

Son trou du cul sembla vibrer autour de ma queue, pressant presque la vie hors de moi. Mon esprit s'envola, mais je saisis ses nattes, les utilisant telle une laisse pour tirer son cul à moi.

— C'est comme ça que nous t'baiserons, à chaque fois que tu désobéis. Vilaine fille, dis-je en tirant ses cheveux ce qui me valut un petit cri de surprise.

Le bruit de succion autour de mon manche me dit qu'elle était plus excitée que réprimée.

— T'feras pas attention à nos ordres ? Très bien. Nous te baiserons jusqu'à soumission et t'attacherons pour que tu ne puisses pas partir.

— Comment c'est ? demanda Samuel. Serré ?

— Plus serré et elle briserait ma bite.

— Tu penses qu'elle peut prendre plus rapide ?

— Une seule façon de la savoir. Elle prendra tout ce qu'on lui donnera et plus.

Je tirai sur ses nattes, attirant sa tête vers l'arrière.

— N'est-ce pas fille ? T'oublies ta place, nous te la rappellerons.

J'accélérai, la fauchant d'avant en arrière.

— Ta place est à genoux, en prenant nos bites.

Je la guidai debout, la tenant pour que je puisse la faire rebondir de haut en bas aussi vite que je voulais qu'elle aille. Elle tendit une main vers l'arrière et s'accrocha à mon épaule alors que je poussai en elle, encore et encore. Samuel s'agenouilla devant moi, pinçant ses tétons.

— Bientôt tu nous prendras tous les deux, lui promit-il. Un dans ta chatte et l'autre dans ton cul.

— Aimerais-tu ça, Brenna ? demandai-je.

Son orgasme secoua son corps. Je jouis avec elle, l'agrippant fermement. Mes dents trouvèrent son épaule et je la mordis gentiment. D'après la façon dont son corps frémit, je sus que son plaisir fut sans fin.

* * *

DEUX JOURS PLUS TARD, je descendis le chemin de montagne à la fin de ma patrouille. Un groupe de loups se tenait autour du feu, attendant qu'un grand sanglier finisse de rôtir.

Mes oreilles se dressèrent au son de la voix de Siebold.

— Stupide corniaud.

Je fis le tour de la pierre pour voir ce qu'il se passait. Siebold avait ses mains autour de la gorge de Fergus.

— Siebold, laisse-le.

Le guerrier grogna, mais relâcha le petit loup rouge, qui haleta et se libéra.

— Pourquoi ? Tu veux le baiser ? Ta femme ne te satisfait pas ?

J'ignorai les railleries du Viking.

— Admets-le. Ta bête n'est pas satisfaite du sexe sans douleur. Elle veut la marquer. La flagellation lui a juste donné un goût de ce que ça pourrait être…

— Laisse tomber, Siebold.

Il se tut et je commençai à m'éloigner quand je l'entendis faire un commentaire à un autre guerrier.

— Maintenant si j'avais cette pute idiote je ferais ce qu'il faut pour la faire crier…

Je franchis l'espace entre nous en une seconde. Je bondis et mon corps le frappa, l'envoyant tituber. Le Viking blond était plus grand et large que moi, mais j'étais plus rapide.

Des guerriers se précipitèrent hors de notre chemin, retirant les rondins qu'ils utilisaient comme assises pour nous laisser la place de combattre.

La bête réclamait sa libération et je la laissai faire. Ma colonne craqua par la Transformation. Les mains se changèrent en griffes.

Siebold se changea, à moitié bête lui-même, ses traits se contorsionnant et s'allongeant en quelque chose entre mâchoire humaine et gueule de loup. En une seconde, il courut rapidement dans ma direction. Il bondit et je tombai

129

sur le dos, frappant son corps quand il atterrit sur le mien, l'envoyant à des mètres au-dessus de ma tête. Je fis un bond et lui fis face juste à temps pour qu'il fasse une autre tentative.

Des dents telles des lames claquèrent proche de mon visage. Je vis une ouverture et ratissai son dos de mes griffes. Il beugla, s'arquant en arrière. Avant qu'il puisse se retourner et me faire face, je le plaquai, le menant au sol.

Je voulais qu'il souffre.

Saisissant ses cheveux blonds, je mis le visage de Siebold à terre dans la boue. Il était trop beau. Je pouvais régler ça.

La bête à l'intérieur combattit pour la domination. Mon monde commença à devenir noir, dénué de toutes couleurs à part la flaque de rouge dans la boue devant Siebold...

— Daegan, assez, ordonna Samuel.

Je sentis un murmure de la magie de mon Alpha passer en moi et me dressai subitement sur mes pieds, à l'écart de Siebold. N'importe quoi pour éviter l'humiliation d'être forcé de me changer totalement en loup.

Siebold fit des bruits de reniflement en essayant de se lever. D'un claquement de mes mâchoires, je lui grognai de ne pas bouger. Il s'aplatit contre le sol, satisfaisant assez la bête pour que je reprenne le dessus.

Des griffes telles des couteaux jaillirent de ma fourrure, revêtues de doigts. Mon estomac vacilla, malade de dégoût de moi-même.

Je dépassai Samuel d'un pas raide, vers la caverne pour trouver notre bien-aimée.

Elle voulait rester en tant que notre compagne ? Je lui montrerais le monstre que j'étais vraiment.

Je la trouvai dans le jardin. Mes grognements renifleurs l'alertèrent. Elle regarda en l'air et pâlit. Se levant, elle se pressa du côté opposé de la chambre, mettant son dos contre le mur et prenant une profonde inspiration avant de me regarder dans les yeux.

Je savais ce qu'elle voyait… une fourrure noire, une forme d'homme se tenant debout, des pattes de bête. Je n'étais ni homme ni loup, mais une créature de cauchemars, avec le sang de Siebold colorant mes griffes.

Son pouls palpita dans sa gorge alors qu'elle assimilait ma forme biscornue et combattait sa peur. Elle ne courut pas, il y avait nulle part où elle pouvait aller. Elle ne cria pas parce qu'elle ne pouvait pas.

Les poils à l'arrière de mon cou picotèrent. Samuel parla derrière moi.

— Laisse-moi t'aider, Daegan.

Je gémis, un son brutal et brisé.

La peur de Brenna disparut, remplacée par de la pitié. Je me recroquevillai sur moi-même, les pattes couvrant mon visage et sentis l'ordre de Samuel flotter au-dessus de mon corps, redressant ma colonne vertébrale. Les muscles et os répondirent, la fourrure disparut. Je me tenais en tant qu'homme, mais je gardai une main sur mon visage jusqu'à ce que je sente le doux toucher de notre femme. Brenna retira mes mains et prit mon visage dans les siennes. Rien d'autre que de l'acceptation brillait dans ses yeux. Elle la scella d'un baiser.

Au contact de ses lèvres, le restant de la rage des Berserkers s'évapora.

— Viens, Brenna, dit Samuel d'une voix rauque. Il est temps que tu comprennes ce que nous sommes vraiment.

Je la laissai me conduire dans notre chambre. Nous nous étendîmes ensemble sur l'estrade avec Brenna entre nous. Je tins son corps luxuriant, pendant que Samuel lui faisait face.

— La magie nous donne maintes choses, raconta Samuel à Brenna. Une vie plus longue, l'aptitude à combattre, à guérir. Mais la bête rôde pour toujours dans notre esprit, attendant de prendre le dessus et chasser notre raison. C'est le cadeau et la malédiction.

Elle jeta un regard en arrière vers moi. Je hochai la tête. Ma parole était lente à revenir après l'emprise de la bête. N'importe quel son que je ferais serait un grognement d'animal. J'étais trop honteux pour le parler.

— Nous pensions que nous étions condamnés, jusqu'à ce que la sorcière nous parle de toi. Nous n'avons aucun droit de te demander de rester, mais nous le faisons.

— Tu devrais nous quitter, fille, dis-je. La bête prend le dessus rapidement. Si jamais nous perdons le contrôle…

— Si jamais je perds le contrôle, corrigea Samuel. C'est probable que ce soit moi.

Il toucha Brenna.

— Si cela se produit, Daegan a des ordres de t'envoyer au loin.

Elle fronça les sourcils et secoua la tête.

— Oui, dis-je en capturant son visage dans mes paumes. C'est pour le mieux. Tu vivras une longue vie sans nous.

Elle pointa vers chacun de nous et puis vers son cœur.

— Nous t'aimons aussi, chérie, dit Samuel. Aussi longtemps que tu nous aimes, nous serons toujours avec toi.

CHAPITRE 9

*L*a lune crût alors que nous arrivions au mois le plus chaud de l'année. Maintenant que Brenna avait vu ma forme de Berserker et savait que si Samuel perdait le contrôle, elle devait s'enfuir, un poids fut soulevé de moi.

Notre plan de l'accepter comme l'une de la meute continua alors que nous lui autorisions du temps hors de la montagne. Ensemble nous appréciâmes les plaisirs de l'été.

Une après-midi, je parlais avec Wulfgar au niveau du feu de camp quand Fergus accourut avec la première corne d'hydromel.

Je la goûtai et la trouvai bonne. Wulfgar fut d'accord avec moi.

— Apporte un baril de ça à la Chose, conseilla-t-il. Un bon hydromel fait beaucoup pour apaiser les humeurs.

— Des nouvelles de la Meute Rouge ?

— Ils se plaignent que des Berserkers aillent sur leurs terres.

— Siebold ?

Le Viking blond s'était fait rare depuis que Brenna l'avait

baptisé de bouillon de viande. Après notre combat, je m'attendais à entendre qu'il était allé se terrer chez une villageoise ou trois, jusqu'à ce que sa bête se libère et ait besoin de quelqu'un pour nettoyer le bazar.

Wulfgar secoua la tête.

— Pas notre meute. Celle de Ragnvald. Ils se plaignent de la nouvelle meute. Ils semblent penser que c'est notre devoir de maîtriser les guerriers de Ragnvald. C'est pour ça qu'ils veulent Samuel au rassemblement. Ils pensent qu'il voudra bien prendre le contrôle de cette seconde meute de Berserkers.

Je me moquai.

— La Meute Rouge est tellement mollassonne, ils veulent que nous fassions le sale boulot pour eux.

— Ils nous haïssent, déclara Wulfgar.

— Ils détestent la malédiction. Ils espèrent que nous combattrons les Berserkers de Ragnvald et les anéantirons. Ou qu'ils feront la même chose de nous.

— Peut-être que nous devrions faire la paix avec Ragnvald.

— Un peu tard pour ça. Son second maigrit à vue d'œil dans notre fosse.

Wulfgar n'essaya pas de nous dissuader de laisser partir Maddox. Cela semblait logique d'utiliser le loup tatoué comme une monnaie d'échange, mais il ne pouvait être autorisé à vivre. Il en savait trop. Le laisser partir mettrait Brenna en danger.

Wulfgar avala ce qui restait de l'hydromel et commença à passer la corne à Fergus qui avait écouté notre discussion politique les yeux grands ouverts et les oreilles aiguisées. Un corbeau se posa sur le bras tendu de Wulfgar et laissa sortir un croassement.

— Par les couilles de Thor, jura Wulfgar en baissant la tête.

Le corbeau disparut dans un nuage de fumée et nous baissâmes tous la tête et jurâmes avec lui.

— Quelle sorcellerie est-ce ?

Fergus pointait l'endroit où s'était trouvé l'oiseau. En dessous de la fumée était posé un petit bout d'écorce de bouleau, avec des marques noires gribouillées sur la surface blanche. Je m'accroupis et le ramassai.

— Satanée sorcière.

Après avoir ordonné à Wulfgar d'être à l'affut d'Yseult, je rapportai le message au trot à Samuel. Pendant sa période en tant que moine, il avait appris à lire.

— Elle viendra en visite à la pleine lune.

— En sait-elle plus sur notre vraie compagne ?

Samuel secoua la tête.

— Ma supposition est qu'elle a des informations pour nous. Elle envoie un émissaire au-devant d'elle. Nous devrions l'attendre bientôt.

Le jour suivant, un vieil homme escalada la montagne. Les Berserkers filèrent ses pas, mais ne l'arrêtèrent pas jusqu'à ce qu'il atteigne notre feu et se tienne devant Samuel, qui se relaxait sur une grande pierre en pagne, tel un roi barbare sur son trône.

Le vieil homme avait une longue barbe grise et un tissu enroulé autour de sa tête, couvrant son œil droit. Samuel le fixa un long moment avant de me faire signe.

— Qui es-tu ? demandai-je pour Samuel.

— Yseult m'appelle Odin. Comme lui, j'ai donné un œil pour la sagesse.

Les loups Viking qui regardaient devinrent troublés. Il y avait de fortes chances qu'ils croient qu'un vieil homme aveugle appelé Odin soit vraiment leur dieu.

Je levai les yeux au ciel. Yseult jouant à nouveau des tours.

— Que viens-tu faire ici ?

L'homme écarta ses mains.

— Yseult m'a proposé de venir. Elle a dit que vous me donneriez de la nourriture et un abri, en échange de mes services.

— Quels services offre un vieil homme aveugle ?

Le barbu grisonnant sourit et étendit les mains.

— Je vais apprendre à parler à votre bien-aimée.

* * *

CELA PRIT une autre nuit et un autre jour avant que nous autorisâmes le vieil homme près de Brenna. Elle approcha curieusement, s'arrêtant quand je pris son bras.

— Bonjour, Brenna, dit Odin, utilisant ses mains pour faire des symboles dans l'air.

Il répéta sa salutation, faisant signe lentement.

Samuel et moi regardâmes avec fascination alors qu'elle mimiquait ses gestes. Après les salutations, le barbu grisonnant pointa des choses dans la pièce, les nommant fort et accompagnant sa parole avec un geste.

Après quelques jours, elle avait maîtrisé ce nouveau jeu. Samuel et moi répétions avec elle, mais nous apprenions plus lentement.

— Parlais-tu comme ça avec quelqu'un ? demanda le barbu gris.

— *Oui. Ma sœur*, signa-t-elle en retour. *La plus proche de moi en âge.*

— Sabine ? demandai-je.

Je connaissais les noms de ses sœurs d'après les rapports des loups qui jetaient un œil sur elles de temps en temps.

Brenna regarda le sol, comme elle le faisait toujours quand nous parlions de sa famille.

— *Oui.*

— Laisse-nous, ordonna Samuel au barbu grisonnant.

Sagement, l'homme appelé Odin obéit.

— Brenna, dis-je en m'agenouillant à côté d'elle, pour croiser son regard. Est-ce que tes sœurs te manquent ?

— *Oui.*

— Veux-tu les voir ?

Une pause, puis elle secoua la tête.

— *C'est plus facile si je ne le fais pas.*

Samuel et moi échangeâmes des regards.

— Souhaites-tu nous quitter ?

Son regard se dressa subitement à ces paroles.

— *Non,* indiqua-t-elle et je me sentis soulagé.

Mais elle ne laissa pas là le sujet.

— *Vous me manqueriez plus.*

D'un grognement, Samuel traversa vers elle. Tirant sa tête en arrière par ses nattes, il revendiqua ses lèvres.

— Alors tu es nôtre, fille. Pour toujours.

CHAPITRE 10

Je me tenais près du feu quand Yseult apparut à côté de moi. Même si nous avions posté des gardes pendant des jours à la recherche de la femme blonde, elle s'était dissimulée pour démontrer son pouvoir, s'approchant de notre bien-aimée sans avertissement, sans demander la permission.

Je sentis son horrible odeur, de la fumée froide et de la pierre, et gardai mes yeux sur le feu.

— Je déteste ça quand tu apparais de nulle part.

— Je sais.

Elle sourit.

— As-tu apprécié mon petit cadeau ?

— Le vieil homme ? Il connaît quelques tours.

Ma chair ne bougea pas quand elle m'étudia.

— A-t-elle créé un lien avec vous ?

— Elle parle avec nous, en utilisant le langage des signes, dis-je de manière évasive.

— Mène-moi à elle.

Je la conduisis à l'intérieur. Brenna était assise avec le vieil homme à côté du bassin, leurs mains bougeant rapidement alors qu'ils parlaient avec des gestes.

Je m'arrêtai à l'entrée et rejetai mon bras pour garder Yseult en arrière.

La sorcière obéit à mon ordre silencieux. Ensemble, nous regardâmes Brenna converser silencieusement. Elle ne nous remarqua pas, mais Samuel si. L'Alpha s'approcha plus près.

— Bien, Yseult ? Que penses-tu de notre compagne ?

— Est-ce ce qu'elle l'est ? Votre compagne ?

— Oui. Nous nous fichons de ce que disent les runes. Elle est celle que nous choisissons.

— Hmm, fit Yseult d'un ton réservé. Son odeur est différente. Plus forte. Vous avez réveillé quelque chose en elle.

— Que veux-tu dire ? Parle clairement ou pas du tout, ordonna Samuel.

— Elle sent comme si elle était en chaleur. Son corps répond à l'attraction de la magie.

— Explique.

— Quand je suis venue la dernière fois, vous m'avez promis une nuit avec la meute. Pendant le solstice d'été. C'est aujourd'hui.

— La meute est prête pour toi. Nous respecterons notre part du marché. Maintenant, dis-nous pourquoi Brenna sent comme si elle était en chaleur.

— Et pourquoi elle a survécu à l'attaque du chien quand elle était jeune, ajoutai-je.

Yseult sourit de son satané sourire énigmatique. Elle adorait avoir le dessus.

— Brenna a de la magie.

— Sorcière ?

— Elle n'est pas une sorcière. Pas tout à fait. La sienne est une magie plus subtile, la magie de la terre.

Yseult renifla et nous sûmes qu'elle sentait que Brenna était inférieur à elle.

— Votre Brenna est une ensorceleuse, comme sa mère et la mère de sa mère. Aussi appelée femme-spae. Elles sont moins puissantes que les sorcières.

— Mais elle a des pouvoirs ? Quels sont-ils ?

— Ça, vous devrez le découvrir. J'ai cherché les réponses et j'en ai appris au sujet de la grand-mère de Brenna qui avait des aptitudes de guérison. Pas beaucoup de pouvoir, au moins, pas assez pour empêcher les villageois de la brûler vivante.

— Qu'en est-il de la mère de Brenna ?

— Après la mort de la grand-mère, la mère a pris ses enfants et s'est enfuie. Si elle a un quelconque pouvoir, il l'a déserté quand elle a commencé à boire. Ce qu'il y a à savoir sur les pouvoirs qu'ont les femmes-spae, c'est Brenna et ses sœurs qui ont les réponses.

Samuel et moi échangeâmes des coups d'œil. Qu'importe ce que nous pensions que la sorcière savait, nous ne nous attendions pas à ça.

— C'est tout ce que tu as découvert ? Notre femme est une femme-spae, avec peut-être des pouvoirs de guérison ?

— Cela fait sens, ajoutai-je. Elle calme la bête.

— Mais elle ne l'a pas complètement apprivoisé, dit Samuel.

Yseult s'éclaircit la gorge.

— Le pouvoir grandit avec les sacrifices. Il y a toujours un prix.

— Quel est le prix de Brenna ? Elle a déjà perdu sa voix et presque sa vie.

— Le même prix que nous payons tous, dit Yseult. La douleur.

Le soir, toute la meute s'était rassemblée autour du feu de camp sur la montagne. Samuel était assis sur son trône. Yseult se tenait à ses côtés, portant un fourreau blanc et un sourire énigmatique.

À la demande d'Yseult, je me tenais avec Brenna à l'embrasure de la grotte, à une distance de sécurité de la meute. Nous regarderions et apprendrions.

La douleur. Avait dit la sorcière. Je savais que les sorcières comme ma mère et Yseult faisaient des sacrifices pour la magie. Le sacrifice pouvait être petit, un lapin ou une colombe, ou personnel comme Odin, qui avait donné un œil pour la sagesse. Mais cela pouvait être autre chose, comme s'abandonner à une raclée érotique. Je me demandais si la flagellation avait éveillé les pouvoirs de Brenna.

Brenna et moi attendîmes que Samuel donne ses ordres à la meute. Pour une nuit, ils pouvaient prendre Yseult et en faire ce qu'ils voulaient. Pas de mutilation ou de mort. C'étaient les seules règles.

Quand Samuel eut fini, Yseult descendit au sein de la meute de loups, ses yeux brûlant d'une faim primaire. Elle marcha parmi les guerriers jusqu'à ce qu'un d'eux fasse un pas sur son chemin. Un sourire malfaisant courbait ses lèvres. Elle parla à Siebold. Puis sa main fit un geste vif et le gifla sur le visage.

Personne ne respira.

Les yeux de Siebold brillèrent du doré de la bête quand il tendit le bras et agrippa ses cheveux. Il l'attira et l'embrassa.

Trois autres guerriers s'approchèrent d'elle, arrachant le fourreau de sa grande forme. Siebold la souleva et la porta à terre, déjà en rut.

Les dents d'Yseult trouvèrent son cou et le mordirent. Du sang jaillit et Siebold rugit, la martelant au sol de ses hanches alors que ses ongles ratissaient son dos.

Quand elle eut un orgasme, la magie écrasa la meute. Tous les loups hurlèrent. Tous sauf Samuel et moi.

— Viens, Brenna.

Je commençai à me retourner, écœuré, non pas par la démonstration, mais par la réaction de ma bite face à celle-ci. Brenna m'arrêta, tirant sur mon bras.

— Qu'est-ce qu'il y a, fille ?

Ma bouche s'assécha quand je vis la chaleur dans les yeux de notre bien-aimée. Elle accrocha un bras autour de mon cou et me baissa pour un baiser torride.

Je chancelai presque en arrière quand elle me laissa aller.

— Vraiment ? Maintenant ?

Elle acquiesça, sa main sur ma poitrine. Je ne perdis pas de temps en la balançant sur mon épaule et la portant jusqu'à nos chambres.

* * *

Brenna trembla quand je l'installai sur l'estrade.

— Tu vas bien, fille ?

— *Oui.*

Ses mains flottèrent.

— *Besoin. Toi. Maintenant.*

Samuel bondit dans la chambre, paraissant plus jeune et plus insouciant que je l'avais vu depuis un long moment.

— Je peux la sentir, dit-il, ses yeux baignant de doré.

Sa bête était proche de la surface, je pouvais le sentir, mais elle ne paraissait pas énervée.

— Brenna, s'étouffa le grand Alpha. T'es en chaleur.

Il vint se tenir devant elle sur l'estrade, faisant courir ses mains de ses seins à sa chatte. Elle s'appuya à son toucher, ses yeux papillonnants.

— Sa chaleur nous appelle. C'est grisant.

Il pressa son visage contre son ventre à travers la robe de chambre, ayant l'air d'un quémandeur devant une reine.

— Je ferais ce que tu demanderas.

Elle parut pensive, puis un sourire espiègle traversa son visage et elle pointa le sol devant elle.

— Tu veux que je te fasse plaisir, petit amour ? Tu veux ton Alpha à genoux ?

Il plongea au sol devant Brenna, sa tête arrivant à ses genoux alors qu'elle se tenait sur l'estrade. Poussant son peignoir sur le côté, il leva un pied, puis l'autre, mordillant ses chevilles et les écartant. Agrippant ses cheveux pour se stabiliser, Brenna l'attira entre ses jambes.

Je bondis sur l'estrade et soulevai sa robe de chambre, la tirant au-dessus de sa tête. Plus tôt dans la journée, je l'avais rasée et lui avais mis le plug. Son corps était lisse et prêt. J'embrassai son cou.

— Tu es la seule, Brenna. La seule pour laquelle nous nous agenouillons.

Je la soulevai et Samuel posa ses jambes sur ses épaules. Brenna soupira et se tortilla alors qu'il dévorait ses plis. Je la tins, libérant une main pour caresser ses seins. Sa tête tomba en arrière sur mon épaule, mais elle resta en tenant la tête de Samuel sur sa chatte, même après que son orgasme atteigne le sommet.

Samuel et moi la posâmes, caressant sa peau pâle alors qu'elle récupérait.

— Tellement fragile. Tellement délicate… et pourtant tu es plus forte que nous tous. Ta fragilité appelle notre bête, la transformant en une bête protectrice plutôt que brutale.

J'aspirai une profonde inspiration, réalisant que c'était vrai. La bête n'était pas plus forte, car nous perdions notre prise dessus. Elle était plus forte, car elle en avait besoin, elle la voulait, elle l'acceptait.

Samuel posa un doigt sur ses lèvres.

— Tu le savais avant que nous le sachions.

Les lèvres de Brenna se courbèrent contre son doigt alors qu'elle souriait de son sourire secret. C'est à ce moment que je sus que les runes avaient raison. C'était la femme pour nous.

— Debout, commandai-je, tendant ma main pour l'aider à se mettre à genoux.

Faisant le tour d'elle, je glissai ma main sur son cul et empoignai le plug.

— Là.

Ses yeux s'écarquillèrent, mais elle m'autorisa à la manipuler pour la mettre à quatre pattes.

Nous le lui mettions plus souvent, étirant son trou du cul pour nous. Et à présent nous le revendiquerions.

— Tout de toi nous appartient.

Je baisai son cul avec le plug, le glissant d'avant en arrière.

Samuel me donna le pot d'huile. Je retirai le plug et le remplaçai par un doigt couvert d'huile. Brenna était posée avec la poitrine sur les peaux et le cul se balançant dans l'air, prête pour nous.

— N'aie pas peur, fille.

Samuel fit un pas en avant, pointant sa bite d'empressement. Il la mit d'abord à quatre pattes et plongea dans sa chatte. Je glissai sous elle et lapai ses seins jusqu'à ce que sa respiration change de forcée à irrégulière.

Samuel se retira et décolla ses fesses l'une de l'autre.

— Magnifique.

Je la tins dans mes bras alors que Samuel mit sa queue contre son derrière et commença à y faire pression.

De la sueur apparut sur son front. Elle cacha son visage dans mon poitrail.

Je caressai ses cheveux.

— Concentre-toi sur nous. Concentre-toi sur le fait de contenter tes maîtres, murmurai-je.

Sans lever la tête, elle hocha la tête.

— Inspire. Puis expire et pousse.

Le grognement de Samuel me dit quand il se fut inséré en elle.

— Tellement serré. Tellement putain de serré.

— Là maintenant, fille, tu l'as fait. À présent, suce-la, dis-je en filant en arrière pour que ma bite fasse signe devant elle.

Son corps bougea d'avant en arrière entre nous.

Nous vînmes à l'unisson.

Nous n'avions pas pris sa chatte et son cul ensemble, mais bientôt.

CHAPITRE 11

*L*e jour suivant, quelques heures après l'aube, j'escaladai la montagne jusqu'au point de vue pour prendre le premier tour de garde.

Un souffle flotta à mon visage, portant l'odeur de neige et de pierre froide, un brin de mort. Yseult.

— As-tu eu ce pour quoi tu étais venue ?

— Et plus.

La femme ronronna pratiquement.

— Tu ne t'es pas joint ? dit-elle en faisant courir un doigt le long de mon bras.

Je pris sa main, me forçant à ne pas l'écraser.

— Je suis pris.

— Je vois ça, rigola-t-elle et toucha mon épaule, où je remarquai pour la première fois les marques des ongles de Brenna. Tu as survécu à sa première chaleur d'accouplement.

— C'était… m'étouffai-je. Cela ne semblait pas réel. Ou je pensais que c'était une réponse à ta magie dans les liens de la meute.

— C'était elle, murmura Yseult. La femme-spae devient plus forte chaque lune qu'elle passe à votre charge. Sois

prudent, loup. Il y a des loups-garous qui le sentiront également-
ment et essayeront de vous la prendre, dit-elle en secouant
un doigt devant mon visage.

— Laisse-les venir, grognai-je. Il n'y a personne aussi fort
qu'un Berserker.

— Es-tu sûr ?

Son sourire était magnifique et terrible à la fois. Elle
partit en marchant, les hanches se balançant telle une femme
bien baisée, jusqu'à ce qu'elle disparaisse en un éclair qui
laissa mes cheveux dressés.

Cela me frappa, alors, qu'Yseult semblait plus puissante
qu'avant, plus que juste un coup de pouce qu'elle aurait eu en
répandant le sang de son partenaire de couche. Avait-elle
mangé un des membres de la meute ? Je pensai au travers de
chaque membre de la meute, tous les loups étaient présents.

Tous sauf un.

Je dévalai la montagne en courant. Quand j'arrivai à l'endroit de la fosse, je ralentis et appelai Maddox tout haut.

Il ne répondit pas. Je reniflai l'air, mais ne pouvais distin-
guer son odeur. Je me penchai au-dessus du trou pour voir le
corps.

Il n'y en avait aucun.

* * *

Samuel ne parut pas surpris quand je lui délivrai les
nouvelles de la prison vide. Je me demandais si une part de
lui espérait que Maddox se soit échappé.

— La sorcière a pu trouver un moyen de consumer
Maddox et ses pouvoirs, lui rappelai-je. Elle paraissait plus
puissante.

— Nous sommes plus puissants. Qu'importe la magie que
Brenna a, cela nous a fortifiés.

Je m'inquiétai encore que la bête prenne le dessus. Elle

répondait à Brenna d'une façon que je n'avais jamais vue avant.

— Nous continuerons de prendre des précautions, dit Samuel après avoir lu mon inquiétude. Tu voyageras avec quelques-uns de la meute pour aller au rassemblement de la Meute Rouge. Écoute et apprend ce que tu peux sur les Berserkers de Ragnvald. Je resterai ici et protègerai notre compagne.

Il sourit et une fois encore je fus frappé d'à quel point il paraissait plus jeune. Comme si un poids s'était envolé de ses épaules.

— Elle t'attend dans la pièce des bains.

Je mis un moment à prendre congé. Brenna était particulièrement fougueuse, rejetant mes mains et demandant encore et encore pourquoi je devais partir. Je lui dis que j'allais visiter un marché pour lui acheter de belles choses, elle me traita de menteur. Je lui dis que j'allais faire mes adieux aux putes du village et elle me frappa et me traita de lapin. Je ne pouvais laisser passer cette insulte, alors je la déshabillai, la fessai et la baisai sur le sol en pierre.

Samuel nous trouva comme ça, nos mains courant l'un sur l'autre alors que nous parlions silencieusement de notre amour.

— La meute attend, ordonna-t-il finalement. Il est temps.

Ce ne fut pas avant que les bois s'épaississent autour de nous, bloquant la vue de notre montagne, que mon esprit s'abattit. La crainte qui avait commencé avec Yseult, grandit à chaque pas que je faisais au loin de ma bien-aimée. Wulfgar remarqua mon silence grave.

— Qu'est-ce que tu peux nous dire sur la Meute Rouge ? demanda-t-il, cherchant à divertir mes pensées et me concentrer sur la bataille imminente.

— Ils sont ici depuis les Romains, peut-être avant. Quelques-uns d'entre eux ont régné comme seigneurs et même si la vénération du Christ Blanc les a conduits à se cacher, ils pensent qu'ils sont civilisés. Ce sont des loups-garous naturels et ils se changent en loups dès qu'ils le veulent.

— Quelle est la différence entre eux et nous ? demanda Fergus.

Samuel avait ordonné à l'avorton de la meute de suivre pour apprendre quelque peu la diplomatie.

— La plupart des loups-garous sont nés naturellement, par une femelle loup. Les Berserkers sont créés par de la magie corrompue.

— Mais t'as pas été transformé par une sorcière, insista le jeune loup.

— Nah, gars. J'ai été enfanté par une sorcière. Ma mère en était une, tout comme Yseult. Moins puissante, par contre, c'est pourquoi elle m'a enfanté. La plupart des sorcières sont stériles.

Je fis une pause un moment, me demandant si la magie de Brenna lui permettrait de porter des enfants. Ce serait trop espérer pour cette vie, une compagne qui pourrait nous donner une famille.

— Ma mère est tombée amoureuse de mon père et lui a donné un fils. Je peux me changer, ouais, mais la magie de ma mère ajoute une malédiction qui mène à la rage des Berserkers.

— Les sorcières et les loups ne se mélangent pas, grogna Wulfgar.

Il ne s'était pas approché d'Yseult et avait forcé Fergus à faire la même chose.

— Ne le prends pas mal, Beta.

— Pas de souci. La première intention de ma mère était de piéger mon père et d'en faire son esclave. À la fin, l'amour l'a mise, elle, en esclavage et a causé sa mort.

Fergus déglutit.

— Il l'a tuée ?

— Non. Sa meute.

J'accélérai le rythme et les guerriers suivirent. Nous portions des vêtements faits de peau de biche et transportions des armes. La plupart des loups-garous comptaient sur leurs dents et leurs griffes, car leur forme humaine était plus vulnérable. Mais nous étions des Berserkers. Nous avions été des hommes un jour et avions été transformés par de la magie contaminée.

Nous voyageâmes vite et évitâmes les endroits où il y avait des gens.

Nous arrivâmes à la place du rassemblement, une vallée à la lisière de collines. L'étrange plaine était remplie de brume, son centre marqué uniquement par un cercle de pierres. Alors que nous descendions, l'air devint difficile à respirer, comme si le voile entre les mondes devenait mince.

— Est-ce eux ? demanda Fergus quand des hommes apparurent hors de la brume. Ils sont plus petits que nous.

Je lui jetai un regard. Le plus petit de notre meute était une tête plus grande que la plupart de ces formes se déplaçant furtivement hors de la brume.

— Ils ressemblent à des hommes normaux.

— Des hommes normaux, des loups naturels, accordai-je. Ils vivent en harmonie avec la terre et haïssent la magie de sorcière.

Nous nous tenions d'un côté de la colline, attendant que la Meute Rouge descende à l'endroit des pierres. Ils portaient les couleurs de leur clan, leurs chevelures sauvages et des couteaux sanglés à leurs bottes.

La dernière fois que j'avais fait face à ces loups des Highlands, ils avaient essayé de me tuer. Samuel était intervenu et avait fixé le lien entre nous pour toujours.

— C'était ta meute, c'est ça ? me demanda doucement Wulfgar.

— Ouais.

Je commençai à m'avancer et il retint ma main.

— Laisse-moi.

J'acquiesçai et reculai. Les laisser croire que Wulfgar était notre leader jusqu'au bon moment. Si je le faisais à ma façon, nous ne les rencontrerions pas en tant qu'égaux. Alors que je regardais Wulfgar et les autres marcher à grands pas vers les cailloux verticaux, je souhaitai mener une attaque sournoise contre la meute qui avait détruit ma famille.

Samuel et moi en avions discuté. La Meute Rouge était plus faible que nous. Nous pouvions les vaincre et en avoir fini, mais cela risquerait de libérer la bête.

Wulfgar et les autres rencontrèrent la Meute Rouge au niveau de la structure de pierres qui tenaient debout. Je me déplaçai furtivement plus près, faisant taire mon pouvoir pour qu'ils ne puissent pas me sentir, ainsi que l'énergie qui me démarquerait comme un Alpha.

Fergus avait raison. Après des années à vivre avec les Berserkers, les membres de la Meute Rouge paraissaient rapetissés, plus petits. J'étudiai le trio de leaders et ne m'embêtai pas à refouler ma froide envie de tuer. Le loup rougeâtre au centre était le plus grand. Arracher sa tête en une démonstration impressionnante de force suffirait à faire fuir les autres.

Cela serait tellement facile, chuchota la plus sombre part de moi. Les tuer et prendre leurs femmes pour la meute.

Ha. Un agréable fantasme. Les femelles loups-garous ne voulaient rien avoir à faire avec les Berserkers.

Je dirigeai mes pensées vers ma bien-aimée m'attendant dans la pièce des bains, son corps enveloppé par la vapeur se soulevant de l'eau. L'image gardait ma bête occupée jusqu'à ce que j'entende Wulfgar répondre à l'un des Alphas de la Meute Rouge.

— Samuel n'est pas là. Mais il y a quelqu'un qui parle pour

lui, celui que Samuel déclare comme son frère. Leurs pensées sont une, leurs mots sont un.

Wulfgar fit un pas de côté et laissa la Meute Rouge me voir marcher hors de la brume, dans le froid.

Mes yeux brillèrent de doré. La bête était proche de la surface alors que je faisais face à la meute qui avait tué ma mère, expulsé mon père et essayé de me lapider. J'avais grandi depuis, le pouvoir de l'Alpha me rendant plus fort, plus rapide et plus fier. Ou peut-être que c'était l'acceptation de mon frère d'armes et de la meute qui me rendait plus grand. Et à présent, j'avais une femme qui méritait qu'on se batte pour elle. Je pouvais faire face à mes persécuteurs d'un temps.

Je m'approchai assez pour entendre leurs murmures inquiets.

— Bâtard, cracha un de la Meute Rouge.

Je grognai un avertissement, répété par les grondements des Berserkers. La Meute Rouge recula. Ils étaient deux fois plus nombreux que nous, ils étaient venus à leur puissance maximale, essayant de prévenir une attaque. Ma lèvre se courba. Un millier d'armées ne pouvait résister devant des Berserkers, si nous choisissions de combattre.

— Je sens ta peur, loup, dis-je. Parle rapidement, avant que nous devenions las de tes manières et que nous décidions de t'étriper.

L'un des leaders de la Meute Rouge s'avança.

— Il y a une autre meute, une menace pour vous.

— Tu veux dire que c'est une menace pour vous. Rien ne menace un Berserker.

— Une menace pour chacun de nous. Après tout, qu'est-ce qui empêche la Meute Rouge de s'allier avec ces nouveaux Berserkers pour vous anéantir ?

— T'aimes que ta tête soit attachée à tes épaules.

— Nous avons un moyen de garder la paix.

Je croisai les bras sur ma poitrine. Je n'allais pas aimer ça.

— Nous savons que vous avez une femme.

Je frémis.

— Nous prenons souvent des putes pour notre divertissement.

— Mais vous avez revendiqué celle-là.

— On dit qu'elle est plus qu'une traînée d'un village, continua le chef de la Meute Rouge.

Je joignis les autres au travers des liens de la meute, mettant chaque loup en alerte.

— *Comment ils savent ?* demandai-je à Wulfgar.

Le grand guerrier secoua la tête, un mouvement subtil.

— *Aucun de nos guerriers n'a parlé.*

— Qu'est-ce que ça peut faire ? rétorquai-je en feignant la nonchalance.

— S'il y a une femme qui... contre la malédiction... c'est une denrée rare.

— Elle est rare. Forte, belle, soumise. Disposée à accepter une bite de Berserker, pas comme vos femmes, dis-je en souriant à l'une des femmes loups.

Ses compagnons serrèrent les rangs autour d'elle, la bloquant de ma vue.

— Dois-je croire ce récit imprécis ? Que la femme que nous gardons a des pouvoirs spéciaux ? C'est une bonne baise, ouais, mais elle n'a pas de chatte magique. Qui t'a dit tout ça ?

— Moi.

Je connaissais cette voix avant même de me tourner pour regarder. Là, sur le monticule, se tenait un homme. Il était plus maigre que la dernière fois que je l'avais vu. Les os de ses côtes dépassaient de sa peau marquée de tatouages bleus.

Maddox.

Il fit quelques pas pour descendre la colline, mais ne vint

pas plus près. Quelques membres de sa meute apparurent derrière lui. La plupart étaient blonds et costauds, ils auraient pu être frères avec Samuel ou Siebold. Définitivement Vikings.

— J'ai visité leur montagne et appris leur secret. C'est pourquoi ils m'ont condamné à mourir.

Il sourit tristement.

— C'est une bonne chose que ce ne soit pas facile de tuer un Berserker.

— Nous voulons vivre en paix. S'il y a une femme qui peut guérir la bête…

Je grognai un démenti.

— Alors vous devez la partager.

— Jamais. Nous l'avons revendiquée. Elle est nôtre.

— Est-elle votre vraie compagne ? demanda Maddox, inclinant sa tête sur le côté.

Ses mots étaient un écho à ceux d'Yseult. Je me demandai si elle avait quelque chose à voir avec ça.

— Elle est liée à nous, mentis-je. Si elle nous quitte, elle mourra.

— Impossible. Aucun humain ne peut se lier à un loup, dit le leader de la Meute Rouge.

Alors qu'il répétait ce que je m'étais si longtemps dit, je réalisai que ce n'était pas vrai. Brenna était spéciale. Elle était humaine, mais avait des capacités que nous ne pouvions que supposer. Pour la première fois, je sentis les possibilités devant moi comme une route ouverte.

— Si elle ne s'est pas accouplée avec vous, elle survivra la séparation, entonna le chef de la Meute Rouge.

Je me concentrai sur le problème imminent. Puis je sentis le vent tourner.

— *Daegan.*

Quelqu'un m'appelait. Pas Samuel, pas l'un de la meute, mais une voix plus douce, une que je ne reconnaissais pas. Je jetai un œil à Maddox et ses gardes Berserkers et sentis grandir ma crainte.

— Vous ne nous la prendrez jamais, dis-je, alors que j'entendais de nouveau la voix hurler mon nom, en panique.

— *Daegan !*

Maddox sourit et je ne compris pas pourquoi. Qu'avait-il fait ?

— Elle est nôtre. Trouvez un autre moyen d'assouvir vos besoins, lui dis-je.

— C'n'est pas à toi de décider, fit le chef de la Meute Rouge.

— Nous le soumettrons au vote. Et votre vote sera en minorité, Berserker.

Je grognai et les guerriers dans mon dos firent la même chose. Je sentis la bête m'agripper et cette fois, je l'accueillis. Quelque chose était en train de se passer, quelque chose que je ne pouvais pas comprendre… pour le moment.

— Votez autant que vous voulez. Nous soutiendrons notre revendication avec des dents et des griffes. Voulez-vous vraiment voter de l'épanchement de votre sang ?

Les Berserkers de Maddox nous grognèrent aussi dessus. Les membres de la Meute Rouge parurent de plus en plus mal à l'aise, piégés entre deux groupes de Berserkers furieux.

— Tu veux te battre ? Nous nous battrons, dit Maddox d'un ton cassant. Nous lutterons pour notre récompense.

— Vous ne la prendrez jamais.

Je perdais l'emprise sur la bête, glissant dans la soif de sang des Berserkers. Ma vision se troubla de rouge.

La main de Wulfgar se referma sur mon bras.

— *Beta. Quelque chose ne va pas.*

Je sus qu'il avait raison. Maddox et les guerriers attendaient que nous attaquions. Ils attendaient.

Je bondis en arrière et commençai à courir, comme si je battais en retraite. Tout était logique à présent. L'invitation à la Chose, Maddox fouinant autour de la montagne, son emprisonnement et sa fuite. Tout était planifié, depuis le premier instant. Maddox était un espion, envoyé pour confirmer les rumeurs sur nos secrets. Cette rencontre était une diversion, avec l'intention d'attirer nos forces les plus fortes loin du centre vulnérable, loin de la seule personne que nous essayions de protéger et de cacher.

— *Revenez, revenez*, ordonnai-je. *À la montagne. Samuel est attaqué.*

Les arbres se brouillèrent alors que je courus. La bête prit le dessus et je la laissai, utilisant le pouvoir surhumain pour accélérer. Un soupçon de fourrure rouge étincela devant moi. C'était Fergus, courant devant de la meute. Le petit loup était le plus rapide d'entre nous.

Puis une autre forme s'approcha, un éclair de bleu sur ma droite. Maddox.

— Si nous ne pouvons pas tous l'avoir, personne ne l'aura.

Je lui flanquai un grand coup, mais ne le laissai pas me ralentir. S'il essayait de m'arrêter, j'arracherai ses membres sans transpirer.

Stupide, stupide. J'aurais dû partir de la Chose à la vue de Maddox. Je priai de ne pas arriver trop tard.

Alors que je m'approchai de la maison, les voix sur le lien de la meute devinrent plus fortes.

— *Une vague de Berserkers, prenant d'assaut la montagne. Depuis le Sud. Les gardes ont été pris par surprise. Le chemin principal est bloqué.*

— *Samuel, je suis là.*

J'envoyai un message via notre lien privé.

— *Daegan, que s'est-il passé ?*

— *Ragnvald a planifié tout ça. La Chose était un piège. Où es-tu ?*

— *Fuyant de la montagne par un tunnel privé. Brenna est avec moi, elle est en sécurité.*

Je sentis du soulagement face à cette information.

— *Reste caché. Nous arriverons à la tombée de la nuit.*

Je fis une autre pointe de vitesse et la meute répondit. La rage des Berserkers prit le dessus, rehaussant notre impression des uns et des autres, aussi bien que notre besoin de violence. La montagne se dressa à l'horizon. La douleur fit feu dans mes membres, pas de l'effort physique, mais des liens avec la meute. Nos frères guerriers étaient en train de combattre, de mourir. Je joignis Wulfgar.

— *Séparez-vous en deux. Un groupe prend les attaquants par le flanc. L'autre détourne nos poursuivants.*

Alors que la montagne grandissait, je le sentis m'obéir. Fergus, moi et deux autres continuâmes, alors que Wulfgar et le reste s'arrêtaient pour garder nos flancs. Le petit loup rouge courut devant moi, déchirant le sol sous sa forme de bête en colère. Je le suivis tout le long jusqu'à nos terres, puis le distançai pour atteindre le pied de la montagne.

Le premier homme de Ragnvald rencontra sa mort avant même de me voir. La tête du géant blond roula à côté de moi, alors que je tournais, les griffes colorées de sang, pour attaquer l'homme sur le chemin principal menant au sommet de la montagne. D'après les hurlements derrière moi, Wulfgar et le reste étaient en train de mener leurs propres combats.

— *Samuel ? Où ?*

J'essayai de joindre l'Alpha pendant que la bête en moi déchirait davantage de chair de Berserkers. Après des années à se retenir, prétendant n'être qu'un homme, c'était un soulagement de laisser la bête régner. L'ennemi était fort, mais lent, comme s'ils étaient sans intérêt. Je me demandai à quel point la meute de Ragnvald était proche de la folie et si leur Alpha était là. Maddox avait raison. Ragnvald devait être désespéré, dément, pour nous attaquer ici.

— *Je suis là*, me dit Samuel en envoyant l'image d'un

tunnel qui les conduirait, Brenna et lui, au pied de la montagne.

— *Reste là. Nous les repousserons.*

— *Daegan*, s'étouffa-t-il, m'envoyant d'autres images, trop rapides pour que je les voie.

Les Berserkers de Ragnvald attaquant, Samuel cachant Brenna de retour dans les caves. La bête à l'intérieur de lui essaya de se libérer pour traiter avec la menace. Sa vision commençait à tourner au rouge.

— *Reste caché*, envoyai-je, ma panique le suppliant.

Davantage de Berserkers de Ragnvald dévalèrent la montagne, pour me combattre. J'esquivai et les affrontai, prenant leurs coups et leur retournant les miens. Ma peau se quadrilla d'une centaine de coupures, mais je ne sentis rien à part quand je charcutai un autre ennemi et eus soif de plus.

— *Nous sommes à l'embrasure du tunnel.*

Samuel m'envoya une image.

— *Brenna est en sûreté.*

— *Ne tente pas de combattre, Alpha. Cela incitera la bête.*

Un éclair bleu passa à côté de moi et j'expédiai le monstre en esclavage devant moi pour le suivre. Maddox était le plus dangereux de nos ennemis, plein de ruse. Derrière moi, les Berserkers de Ragnvald tombaient sous nos combattants, à part pour ceux qui se retournaient et sprintaient derrière leur Beta tatoué.

Je leur courus après, faisant le tour de la montagne, avec l'intention d'attraper Maddox jusqu'à ce que je réalise où il se dirigeait. La fosse.

— Samuel, grogna Maddox en faisant trembler la montagne. Viens me faire face. Lâche. Tu m'as laissé pour mort. Fais-moi face comme un guerrier.

— *Non, Samuel !*

Je sentis la bête à l'intérieur de mon Alpha dresser sa tête monstrueuse. C'était trop tard. Dans l'intensité de l'attaque, la bête répondit au défi. La présence de nos ennemis, le combat mené chez nous, la menace sur notre bien-aimée étaient assez pour casser net le contrôle prudent de Samuel et faire rugir la soif de sang en lui et celle de la meute entière. Avant que la raison soit perdue, j'envoyai un dernier message désespéré.

— *Laisse Brenna, fuis !*

Un rugissement secoua la montagne. Maddox s'arrêta sur ses pas et ses guerriers se stoppèrent avec lui. Je me précipitai sur lui, espérant enfoncer mes griffes dans sa chair. Il se tourna, une lueur folle dans ses yeux.

— C'est fini, Beta. Tu perds.

Avant que je puisse le toucher, il esquiva. Je m'arrêtai, refusant de le pourchasser. Brenna était dans le tunnel avec un Samuel enragé. Je devais la protéger.

Avant que je puisse courir à elle, un autre rugissement résonna, teinté de magie corrompue. Je tombai à plat sur mon ventre, frissonnant. La bête à l'intérieur lutta, déchaînée, pour se libérer de mon contrôle. La magie entachée se rua au travers des liens de la meute, entraînant un grand nombre de la troupe. Je les sentis succomber, des bêtes soumises en esclavage, sans aucune autre pensée que la destruction.

Ce fut à ce moment que la vague de la bataille changea de cap et les forces de Maddox se retirèrent ou perdirent la vie. Tous ne furent pas assez rapides pour échapper à la bête enragée, qu'était Samuel. De la fourrure dorée couvrit son corps difforme, ses yeux devinrent rouges de la soif de sang de la bête, il attaqua violemment les quelques ennemis retardataires.

Je me traînai sur l'herbe jusqu'à ce que je puisse me faufiler dans le tunnel. Brenna était assise là, recourbée en boule, tremblante.

— Tout va bien, fille, sifflai-je quand elle garda ses distances par rapport à moi.

Je savais que je ressemblais à un monstre, mon corps moitié homme, moitié loup. Mais la bête n'avait pas pris tout à fait le dessus. J'obstruai mon esprit contre la folie tourbillonnant le long des liens de la meute.

— Nous devons partir. C'est fini. Samuel a perdu le contrôle. Il sera enragé jusqu'à sa mort.

J'attrapai son bras, la balançant en l'air. Je la portai dans la clairière, me demandant où je m'enfuirais. Les corps des Berserkers morts étaient étendus là où ils avaient péri, marquant l'emplacement où était passé Samuel. Brenna s'exclama et s'accrocha à moi.

Nous étions presque parvenus à la forêt quand un souffle nous submergea, apportant la puanteur du sang et de la magie corrompue.

— Fuis, fille, criai-je, poussant Brenna en avant et me tournant pour faire face au Samuel défiguré.

Des griffes de la taille de couteaux pendaient de ses bras couverts de fourrure. Il rugit par défi et je courus, me précipitant loin de Brenna, essayant de l'en éloigner.

Cela marcha. La bête qui était auparavant Samuel me suivit, griffant le sol dans sa hâte de m'attraper. Je fis une feinte d'un côté et puis le fis de nouveau, espérant le duper à me pourchasser.

Mes efforts énervèrent seulement la bête. La fois d'après où je me précipitai au loin, elle se jeta en avant et m'attrapa. Je rugis de douleur, la bête en moi s'élevant, le monde devenant rouge. Mais je ne pouvais couler sous son emprise. Brenna serait seule.

— Samuel, s'il te plaît, appelai-je la créature qui avait autrefois été mon ami.

Il n'y eut aucun signe de reconnaissance dans ses yeux féroces.

J'entendis un bruit derrière moi, doux et effrayé, et me retournai.

— Brenna, non !

La bête de Samuel courut vers la femme. Elle avait fait un pas dans la clairière, exposée et sans défense. Je jurai en courant, lui hurlant de se cacher. Elle campa sur ses positions alors que la bête courait vers elle… et tomba, à quelques de mètres de l'attraper.

L'intelligente fille imprudente avait traîné des branches couvertes de feuilles par-dessus l'antre de la fosse. La bête ne l'avait pas remarqué jusqu'à ce qu'elles se cassent nettes sous son poids.

Samuel tomba, griffant les côtés de la fosse, rugissant en chutant. La clairière trembla quand il atterrit, la force psychique fouettant les arbres comme dans une tornade.

Je me précipitai vers Brenna.

— Bordel ! Stupide fille, tu aurais pu être tuée.

Je la serrai dans mes bras et embrassai ses cheveux. La bête de Samuel tâta le fond de la fosse, laissant sortir un rugissement pathétique. Avec réticence, je repoussai Brenna.

— Viens, fille, nous devons partir.

Après quelques pas, Brenna lutta contre moi, tirant mon bras jusqu'à ce que je m'arrête et me tourne. Mon cœur se brisa à la pensée de laisser mon ami, mon ancien Alpha, mourir ici comme un rat piégé, mais je savais que c'était pour le mieux. Brenna tourna son magnifique visage têtu vers moi. Ses mains volèrent en disant des mots par des gestes.

— *Samuel. Piégé.*

— Je suis désolé. Nous devons le laisser.

— *La fosse. Sauve-le.*

— Écoute-moi.

Je pris son visage dans les paumes de mes deux mains.

— La bête l'a sous son emprise. Même si nous pouvions le

tirer de là, il ne survivrait pas. Il nous tuerait et mourrait quand même. Samuel n'est plus là.

— *Non.*

Elle signa.

— *Sauve-le.*

— Nous pouvons pas le sauver. Ne crois-tu pas que je le ferais si je le pouvais ?

Ses mains chutèrent. Je pris son bras pour la tirer au loin et elle me combattit, silencieusement, donnant des coups de pied et luttant jusqu'à ce que je la mette par terre sur l'herbe. Je pouvais facilement l'emporter, mais ma bête était proche de la surface et je ne voulais pas l'éveiller et la blesser. J'agrippai ses poignets jusqu'à la douleur, elle grimaça et grogna.

— Nous devons partir, maintenant. Et ne jamais revenir.

— *Non. Non.*

— Je suis désolé. Tu pourras le pleurer quand nous serons loin et que tu seras en sécurité.

— *Laisse-moi y aller.*

Elle parla de ses mains.

— Que feras-tu ? Maigrir à vue d'œil, pleurer pour lui ? Il était aussi mon ami. Nous l'honorons en partant pour vivre nos vies.

J'attendis jusqu'à ce qu'elle acquiesce. Des larmes miroitaient dans ses yeux. Mes doigts enveloppèrent ses poignets alors que nous nous levions et faisions dos à la fosse.

Une erreur. Aussitôt que ma prise se relâcha, Brenna retira son bras d'un coup sec.

— Non, fille. Non !

Je l'appelai, trop tard. Elle courut devant moi, s'arrêtant au bord du trou noir et se laissa tomber. Sans faire de pause, je bondis derrière elle.

Nous chutâmes ensemble dans l'obscurité et je l'attrapai dans mes bras, enveloppant mes membres autour d'elle pour être sûr de heurter le sol avant elle. Des racines et des pierres rayèrent ma peau et la force de la chute conduit l'air hors de mes poumons, mais Brenna atterrit sur moi. Nous roulâmes ensemble et je finis enroulé autour d'elle, essayant de mon mieux d'amortir sa chute. Je sentis quelques-uns de mes os craquer, mais la magie monta brusquement en moi avec la douleur, ressoudant mes os et guérissant mes plaies. J'étais étendu tressautant d'une agonie essoufflée, tenant le poids de ma femme contre mon corps abîmé et priant pour qu'elle ne soit pas blessée.

Mes prières furent entendues quand Brenna changea de position. Elle se mit debout, protégeant ses yeux contre le fin rayon de lumière du jour. La lumière dessinait sa belle forme. La chute l'avait assommée, mais elle était indemne. Plus forte qu'elle paraissait, comme Samuel l'avait dit.

Je me souvins alors de Samuel. Brenna fit un pas en avant dans les ombres profondes du côté opposé de la fosse et je menottai sa cheville avec mes doigts pour l'empêcher d'aller vers lui.

— Non, fille. C'est trop dangereux.

Brenna se mit à genoux, vérifiant mon corps. Ses cheveux caressèrent ma poitrine dénudée et ma bite remua pleine de vie comme si nous étions de retour dans nos chambres, sur notre estrade qui servait de lit et non pas dans une fosse paumée construite pour piéger un Alpha dément.

Il y avait de la magie ici-bas, puissante et épaisse comme du brouillard, tourbillonnant dans ma tête, m'enlevant tout bon sens. J'avais besoin de mes esprits pour combattre ma bête et celle de Samuel, pour protéger ma bien-aimée aussi longtemps que je le pouvais.

— Pourquoi as-tu fait ça, fille ? respirai-je bruyamment, alors que la magie guérissait mes côtes et mon dos cassés.

— *Tienne.*

Elle fit un signe.

— *Pour toujours.*

Elle se leva à nouveau, échappant à ma prise et avançant dans l'épais flot de lumière qui était la dernière connexion restante avec le monde extérieur.

Elle s'arrêta sur ses pas quand Samuel grogna. Le son réverbéra autour de l'espace fermé, dressant mes cheveux. Je combattis pour me mettre sur le côté, grimaçant.

— *S'il te plaît, Samuel.*

Je suppliai mon ancien Alpha en utilisant notre lien fraternel, mais le chemin vers son esprit était coupé, les éclats finissaient par être douloureux quand ils avaient auparavant donné du réconfort. Samuel était parti et seule la bête restait.

Ce fut un soulagement que la chute l'ait probablement également blessé. Du moins, c'est la raison pour laquelle je crus qu'il n'avait pas attaqué pas tout de suite.

Je pris un instant pour jeter un œil à l'endroit terreux qui serait notre tombe. La boue jonchait çà et là, avec de petits crânes de rats et de campagnols, de petites créatures que le dernier prisonnier avait sûrement attirées dans la fosse pour les manger. Je regardai autour, à la recherche des lances de Siebold, mais elles étaient absentes. C'était probablement comme ça que Maddox s'était échappé, utilisant la force des Berserkers pour enfoncer les lances dans les murs de la fosse et escalader, une main après l'autre. Je pris une seconde pour maudire Siebold.

Maddox avait également élargi le fond de la fosse, égratignant et griffant une tranchée au bord. C'était là que Samuel se tapissait, une bête d'ombre et de magie ; seule la fine lumière du jour osait se risquer si loin dans la terre.

C'était probablement pour le mieux que nous soyons piégés tous ensemble, même si, d'après la hauteur du menton de Brenna, elle n'avait aucune intention de mourir ici. En effet, elle se tint fièrement dans le cercle de lumière fixant la bête dans l'obscurité.

Quand elle fit de nouveau un pas vers lui, le grognement résonna et je trouvai assez de force pour me lever et chanceler entre elle et l'Alpha fou.

— Samuel. Nous sommes là, frère.

Son rugissement vint avec une explosion de magie. Je tombai à genoux, combattant la Transformation alors que ma bête s'avançait. Pendant un bref instant, je me demandai comment s'en était sorti la meute. S'étaient-ils enfuis, guidés par la force et le calme de Wulfgar ? Est-ce que sa présence d'Alpha était suffisante pour les sauver de la folie ? Mes pensées s'éparpillèrent alors que la brume rouge de la bête revendiquait ma vision. Je vis la forme pâle de Brenna tremblante à mon épaule. Au-delà d'elle, la tache sombre de l'aura couleur sang de Samuel.

Des mains froides touchèrent ma peau et je revins à moi.

— Samuel, elle est là, m'étouffai-je. Notre compagne est là. Elle ne voulait pas te laisser.

Car elle était vraiment notre compagne. Ni homme ni loup ne pouvait le nier.

— Tu dois combattre la bête, pour elle. Pour notre compagne.

Un autre grognement, un son sauvage. La bête ne reconnaissait aucune compagne.

J'enlaçai Brenna contre ma poitrine, me demandant à quelle rapidité nous allions mourir.

J'entendis cependant un écho, un son, une voix douce. Cela venait de vraiment très loin, un écho dans mon esprit. Une femme appelant le nom de Samuel. Ce n'était pas audible, juste une sensation psychique. Une berceuse de perte et de rédemption, une invitation à revenir à la maison. Je pouvais presque le voir, un brin argenté sortant de là où nous nous tenions jusqu'à l'obscurité où Samuel était accroupi, honteux.

— *Sors, Samuel,* dit le son fredonnant. *Viens dans la lumière.*

Mon étreinte sur notre femme s'affaiblit et elle quitta mes bras pour s'avancer. Brenna semblait être la seule à ne pas être affectée face à l'étrange musique.

La bête de Samuel rugit à nouveau.

Je tombai à genoux, luttant contre la Transformation. C'est ce que je redoutais, notre fragile bien-aimée, prise entre deux choses malfaisantes. Mais j'étais impuissant pour combattre l'appel de mon ancien Alpha. Mes mains se changèrent en griffes. Mon dos s'arqua et ma colonne vertébrale claqua sèchement alors que je me changeais. La douleur courut en moi, une irruption d'énergie qui me permettrait de tuer.

Il serait si facile de tout terminer, d'abréger les souffrances de Brenna d'être liée à des bêtes en rut. Ce serait mieux de cette façon et rapide, juste un craquement d'un cou fragile.

— *Non, Brenna... Notre compagne.*

Je luttai pour me rappeler d'elle, de sa douce peau délicieuse, des soupirs dans son sommeil, d'elle étendue nue entre nous.

— *Sors, mon amour, viens dans la lumière.*

Alors que la bête prenait le dessus, mes yeux s'ajustèrent à l'obscurité. Je vis ma bien-aimée et, au-delà d'elle, Samuel craintif dans l'ombre. La magie le mangeait vivant. Il était blessé, se cachant, sa sauvagerie était la simulation d'un animal en souffrance. Je reniflai l'air et sentis sa faiblesse. La peur. Le désir. Tel un chiot avec sa mère. Un vieil homme pour son repos.

Mes doigts agrippèrent l'extrémité de mon scramasaxe, un long couteau malfaisant. D'un grognement, je le jetai aux côtés de Brenna. Elle jeta un œil au sol. La berceuse ne cessa pas son fredonnement argenté.

Je voulais m'étendre et mourir enveloppé par ce magnifique son.

Brenna serait en sécurité si je mourais. Elle avait le scramasaxe. Elle pouvait tuer Samuel. Cela serait tellement facile.

— Brenna, coassai-je, cela sonnait davantage comme un grognement. Tue… le…

Brenna ignora le couteau massif à ses pieds. À la place, elle fit un pas en avant.

Elle s'agenouilla, en face de Samuel. Sa tête se pencha pour offrir sa propre gorge dans un geste de soumission que nous lui avions appris.

En la regardant, je me haïs. Nous l'avions démoralisée pour nous en faire un jouet. Nous lui avions appris à s'agenouiller, à s'incliner et à supplier quand nous aurions dû lui apprendre à combattre.

Elle tendit sa main. Le son magique augmenta.

Un grognement dans le noir, un son curieux.

J'inclinai ma tête, voulant arracher mes yeux, car je ne pouvais supporter de voir la mort de ma bien-aimée. Dans la représentation de mon esprit, je la voyais toujours, une femme à genoux, ses bras atteignant une bête d'ombres et de rage.

Quand j'ouvris les yeux, la bête, la forme monstrueuse entre homme et loup, avait bougé dans la lumière. Brenna, elle, ne s'était pas déplacée.

— *Samuel, Samuel.*

Vint l'écho psychique.

— *Sois en paix.*

Je sentis un changement dans ma propre poitrine. La bête régnait encore, mais elle était calme, contrôlée. Les parties de moi se rejoignirent dans une parfaite magie, comme si le poison toxique s'était dispersé.

Samuel se transforma, tel un loup commandé par son Alpha. Le loup s'appuya contre les mains de Brenna, inoffensif.

Certaines forces proviennent de haches ou d'épées, ou de griffes et de dents. Ou de magie.

Certaines forces proviennent de l'intérieur. L'amour d'un amant. Brenna vit la bête et ne s'enfuit pas. Elle lui fit face. Nous lui avions montré qui nous étions vraiment et elle l'avait accepté.

Je me mis à genoux sur le sol froid et sec. Samuel se changea à nouveau, cette fois en homme. La bête regarda par ses yeux, mais quand il parla, il était entièrement Samuel.

Il se pencha et prit le menton de Brenna dans ses mains où elle était agenouillée.

— Tu nous as conquis.

CHAPITRE 12

*a*lors que la lune se levait sur la terre noire, je joignis la meute, les appelant pour qu'ils reviennent de là où ils s'étaient dispersés. Au matin, ils étaient revenus pour secourir Samuel, Brenna et moi de la fosse, mais la nuit, cette nuit magique, fut la nôtre et seulement la nôtre.

Brenna était dans les bras de Samuel, caressant son visage avec émerveillement. Il la tira debout contre lui et je me rapprochai assez près pour me presser contre son dos. Elle soupira et frémit entre nous et nos mains baladeuses. Nous ne pouvions nous arrêter de la toucher, faisant courir nos mains le long de sa chair douce, indemne.

— Tu ne t'es pas enfuie, dit Samuel impressionné. Tu n'as pas fui.

Elle pressa sa joue contre sa paume.

Nous sombrâmes au sol. Je tins Brenna dans mes bras alors que Samuel utilisait une griffe pour fendre sa robe du cou aux genoux. Quand elle se détacha, cela libéra sa splendide odeur. Inclinant sa tête vers moi, je l'embrassai, traduisant mon besoin par la pression insistante de mes lèvres.

Elle déplaça son cul sur ma bite, se frottant contre moi

pendant que ses bras se tendaient vers Samuel. Un pinçant besoin désespéré nous éveilla. Je sentis du désir se déverser au travers du lien, une passion déchaînée, une inondation de désir.

Mes doigts plongèrent dans la crevasse de son derrière, alors que Samuel se baissait au-dessus de Brenna, attachant sa bouche à son centre. Ses jambes tremblèrent alors qu'il lui donnait du plaisir. Il s'arrêta quand elle fut au bord.

— *Nous la prenons ensemble.*

J'acquiesçai. Mon doigt creusa un tunnel dans son cul, utilisant ses copieux jus pour faciliter son chemin. Nous la revendiquerons son cul et sa chatte ensemble, la prenant avec toute notre passion, jusqu'à ce qu'elle comprenne qu'elle nous appartenait, pour toujours.

Nous ne la laisserions jamais partir.

— Ouais. Il est temps.

Samuel s'étendit et installa notre bien-aimée sur son épais manche. Elle glissa doucement le long de bite, guidée par ses bras tendus. L'effort se montra sur son visage alors qu'il me fit signe.

— Maintenant.

Me penchant sur elle, je l'inclinai en avant pour faire rentrer ma bite dans son cul. Elle trembla alors que je me relâchais en elle.

— Doucement, fille.

Je caressai son dos, lui donnant un moment pour s'adapter. Elle était serrée, tellement serrée. Je pouvais sentir le membre de Samuel dans sa chatte suintante et quand je tendis le bras pour caresser son clitoris, je le touchai lui aussi.

Brenna arqua son dos, prenant davantage de moi en elle. Samuel caressa ses cheveux les repoussant de son visage.

— Tellement bonne, l'encouragea-t-il. Tu es un miracle.

Ma bite se glissa jusqu'au fond du cul de ma bien-aimée. Je bougeai doucement, avec des caresses superficielles, l'habituant au mouvement. Elle se tendit au début, puis se décontracta. J'embrassai sa fine épaule.

— Tu nous satisfais, fille.

— Nôtre, dit Samuel en revendiquant sa bouche. Pour toujours.

Il commença à bouger sous elle, ses hanches roulant gentiment. Elle se balança entre nous alors que sa respiration venait en petits halètements. Samuel caressa ses seins et je continuai de doigter son clitoris. Du sang bouillonna dans mes oreilles. La faim de la bête prit le dessus, me faisant me mouvoir plus rapidement. Je balayai ses cheveux de sa douce épaule pâle et accrochai ma bouche dessus. Mes dents écorchèrent la peau.

— *Marque-la.*

La bête à l'intérieur me parla, ainsi qu'à Samuel.

— *Faites-la vôtre.*

D'un cri enroué, Samuel se cabra, ses hanches pilonnant Brenna alors que ses dents revendiquèrent son autre épaule.

Des crocs grandirent dans ma bouche. Ma tête fit un mouvement brusque vers l'avant par besoin et ma mâchoire se ferma sur son épaule. La bête était insatiable. Son sang remplit ma bouche.

Elle cahota entre nous, suspendue par le plaisir et la douleur. Je fis un mouvement brusque et vins en elle, remplissant son cul de ma semence. Samuel vint en rugissant.

La tête de Brenna roula en arrière, claudiquant de plaisir. J'enfonçai mon visage dans ses cheveux, goûtant son délicieux sang. La bête hurla son plaisir alors que je me reposai et dormis.

* * *

Nous nous réveillâmes dans un enchevêtrement de membres. Brenna était étendue entre nous.

Je joignis Samuel à travers notre lien fraternel. Le lien mental entre nous, fort et bien présent, comme s'il l'avait toujours été.

— *Que s'est-il passé ?*

— *La bête a pris le dessus. Elle a survécu.*

Ma mémoire revint et paniqué, je repoussai les cheveux de Brenna en arrière pour voir le type de blessures avec lesquelles nous l'avions marqué. Samuel fit la même chose et nous touchâmes tous les deux la peau intacte de son épaule, émerveillés.

— Quelle magie est-ce ?

À la place d'une blessure sanglante, tout ce qu'il restait de nos marques de revendication était deux lots de trous soignés, magnifiquement guéris.

Samuel traça les marques sur son épaule droite.

— Une morsure d'accouplement.

— Cela veut dire…

Ma voix s'étrangla. La chaleur d'accouplement, le lien d'accouplement, la morsure d'accouplement.

Elle s'éveilla alors et nous le sûmes avant qu'elle ouvre les yeux. Elle était notre compagne à présent et nous étions connectés comme si son esprit était lié au nôtre. Quand ses yeux s'ouvrirent, elle nous vit la regarder de chaque côté d'elle. Elle me regarda d'abord, souriante alors que je touchais sa main de mes lèvres. Sa tête se tourna vers l'Alpha, assimilant ses traits de lion comme cherchant une trace de folie. Quand elle fut sûre qu'il n'y en avait aucune, son sourire s'élargit.

Puis nous entendîmes sa douce voix dans nos esprits, limpide et charmante comme le son de clairon d'un chant d'oiseau durant la brise du matin.

— *Bonjour, Samuel.*

* * *

Obtenez un livre secret sur les Berserkers, Imprégnée par les Berserkers (seulement pour les extraordinaires fans de la liste d'emails de Lee)
Pour commencer, rendez-vous ici… https://dl.bookfunnel.com/7q7k0krvyc

disponible seulement pour les extraordinaires fans se trouvant sur la liste d'envoi de Lee)
Pour commencer, rendez-vous ici…
https://geni.us/BredBerserkerFR

UNE NOTE DE LEE SAVINO

Merci à tous ceux qui ont laissé un commentaire sur *Vendue aux Berserkers* et m'ont encouragé à écrire davantage sur la série des Berserkers. L'histoire de Samuel, Daegan et Brenna continue dans l'épisode final, *Imprégnée par les Berserkers*. Disponible (gratuitement) seulement pour les membres de la liste d'emails de Lee Savino. Rejoignez-la dès maintenant en téléchargeant le livre gratuit offert sur https:// geni.us/BredBerserkerFR .

LA SAGA DES BERSERKERS

Vendue aux Berserkers
Unie aux Berserkers
Imprégnée par les Berserkers (disponible seulement pour les
extraordinaires fans se trouvant sur la liste d'envoi de Lee
https://geni.us/BredBerserkerFR)
Prise par les Berserkers
Donnée aux Berserkers
Revendiquée par les Berserkers
Sauvée par les Berserkers
Capturée par les Berserkers
Kidnappée par les Berserkers
Liée aux Berserkers
La Nuit des Berserkers

L'Héritage des Berserkers
Possédée par les Berserkers

Apprivoisée par les Berserkers
Maîtrisée par les Berserkers

LES GUERRIERS BERSERKERS

Ægir (auparavant intitulé *Le Loup de Mer*)
Siebold

À PROPOS DE L'AUTEUR

Lee Savino a l'intention de conquérir le monde, mais la plupart du temps, elle n'arrive même pas à trouver ses clés ou son téléphone, alors elle préfère encore rester chez elle et écrire des romances smexy (smart + sexy). Elle adore le chocolat, passe sa vie en pantalon de yoga et porte les chapeaux comme personne.

Pour de bonnes tranches de rigolade, rejoignez son groupe sur Facebook en anglais, Goddess Group, ou rendez-vous sur **https://geni.us/BredBerserkerFR** pour vous inscrire à sa news-letter et recevoir un livre gratuit.

Site web : www.leesavino.com
Facebook Goddess Group :
https://www.facebook.com/groups/LeeSavino/

TOUJOURS PAR LEE SAVINO

Romance contemporaine

Bad Boy Royal

Je ne suis pas du tout en train de tomber amoureuse de mon arrogant et agaçant dieu du sexe de patron. Non. Absolument pas.

Royally Fake Fiancé

Le duc de Nouvelle-Arcadie a un problème d'image que seule une fiancée peut régler. Et je suis la petite veinarde qu'il a choisie pour jouer les Cendrillons.

La belle & les bûcherons

Après cette saison au camp des bûcherons, j'arrête complètement de baiser. Parce que : j'ai mes raisons.

Papa à moi

Mon héros marin sexy veut que je l'appelle « papa »...

Romance paranormale

La Saga des Berserkers

Vendue aux Berserkers

Rien ne pourra empêcher ces féroces guerriers de revendiquer leur compagne.

Alpha Bad Boys

Le Tentation de l'Alpha avec Renee Rose

Mon loup veut la marquer et en faire sa compagne, mais elle est humaine et délicate : elle ne survivrait pas à une morsure de métamorphe.

COPYRIGHT DU TEXTE

www.ingramcontent.com/pod-product-compliance
Lightning Source LLC
Chambersburg PA
CBHW020908180626
46816CB00007BA/2307